STS

山田社

U0080204

STS

山田社

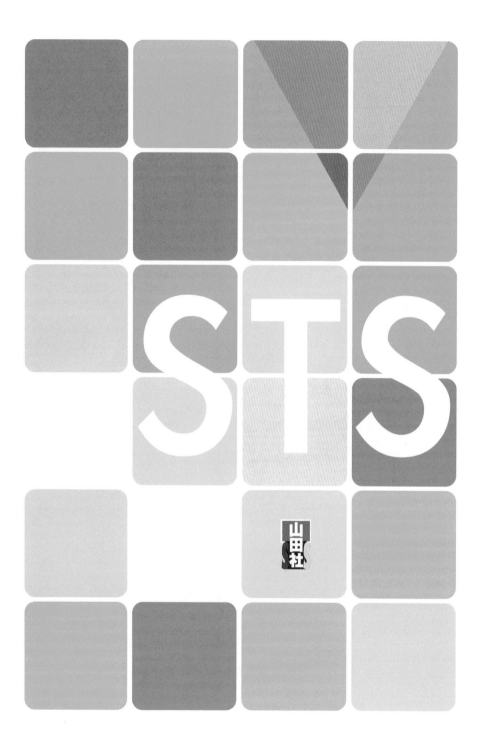

山田社
日檢書

ここまでやる、だから合格できる　竭盡所能，所以絕對合格

附贈 MP3

絕對合格　全攻略！

新制日檢

必背 <ruby>必出<rt>かならずでる</rt></ruby>

<ruby>必背<rt>かならず</rt></ruby>
<ruby>あんしょう</ruby>

文法

N5

吉松由美・西村惠子・
千田晴夫・大山和佳子・
山田社日檢題庫小組　◉合著

前言

preface

秒記文法心智圖＋瞬間回憶關鍵字＋
直擊考點全真模擬考題＋「5W+1H」細分使用狀況
最具權威日檢金牌教師，竭盡所能，濃縮密度，
讓您學習效果再次翻倍！

《絕對合格 全攻略！新制日檢 N5 必背必出文法》百分百全面日檢學習對策，讓您制勝考場：

★ 「以一帶十機能分類」幫您歸納，腦中文法不再零亂分散，概念更紮實，學習更精熟！

★ 「秒記文法心智圖」圖解文法考試重點，像拍照一樣，一看就記住！

★ 「瞬間回憶關鍵字」濃縮文法精華成膠囊，考試瞬間打開記憶寶庫。

★ 「5W+1H」細分使用狀況，絕對貼近日檢考試，高效學習不漏接！

★ 類義文法用法辨異，掃清盲點，突出易混點，高分手到擒來！

★ 小試身手分類題型立驗學習成果，加深記憶軌跡！

★ 必勝全真模擬試題，直擊考點，全解全析，100% 命中考題！

本書提供 100%全面的文法學習對策，讓您輕鬆取證，致勝考場！特色有：

100%分類　　「以一帶十機能分類」，以功能化分類，快速建立文法體系！

　　書中將文法機能進行分類，按格助詞、疑問詞、指示詞、形容詞、動詞、授受表現、時間、斷定…等共 14 章節，幫您歸納，以一帶十，把零散的文法句型系統列出，讓學習更有效果，文法概念更為紮實，學習更為精熟。

100%秒記　　「秒記文法心智圖」圖解文法考試重點，像拍照一樣，一看就記住！

　　本書幫您精心整理超秒記文法心智圖，透過有效歸納、整理的關鍵字及圖表，讓您學習思維在一夕間蛻變，讓您學習思考化被動為主動。

　　化繁為簡的「心智圖」中，「放射狀聯想」讓記憶圍繞在中央的關鍵字，不偏離主題；「群組化」利用關鍵字，來分層、分類，讓記憶更有邏輯；「全體檢視」可以讓您不遺漏也不偏重某項目。這樣自然能夠將文法重點，長期的停留在腦中，像拍照一樣，達到永久記憶的效果。

100%濃縮　「瞬間回憶關鍵字」濃縮文法精華成膠囊，考試瞬間打開記憶寶庫！

　　文法解釋為什麼總是那麼抽象又複雜，每個字都讀得懂，但卻很難讀進腦袋裡？本書貼心在每項文法解釋前加上「關鍵字」，也就是將大量資料簡化的「重點字句」，去蕪存菁濃縮文法精華成膠囊，幫助您以最少時間就能輕鬆抓住重點，刺激聯想，進而達到長期記憶的效果！有了這項記憶法寶，絕對讓您在考試時瞬間打開記憶寶庫，高分手到擒來！

100%細分　「5W+1H」細分使用狀況，絕對貼近日檢考試，高效學習不漏接！

　　學習日語文法，要讓日文像一股活力，打入自己的體內，就要先掌握文法中的人事時地物（5W+1H）等要素，了解每一項文法、文型，是在什麼場合、什麼時候、對誰使用、為何使用，這樣學文法就能慢慢跳脫死記死背的方式，進而變成一個真正屬於您且實用的知識！

　　因此，書中將所有符合 N5 文法程度的 5 個 W 跟 1 個 H 等使用狀況細分出來，並列出相對應的例句，讓您看到考題，答案立即選出！

100%辨異　類義文法用法辨異，掃清盲點，突出易混點，高分手到擒來！

　　書中每項文法，還特別將難分難解引鑽易混淆的文法項目，用「比一比」的方式進行整理、歸類，並分析易混淆文法間的意義、用法、語感、接續…等的微妙差異。讓您在考場中不必再「左右為難」「一知半解」，一看題目就能迅速找到答案，一舉拿下高分！

100%實戰　立驗成果文法小練習，身經百戰，成功自然手到擒來！

　　每個單元後面，先附上文法小練習，幫助您在學習完文法概念後，「小試身手」一下！提供您豐富的實戰演練，當您身經百戰，成功自然手到擒來！

100%命中　必勝全真模擬試題，直擊考點，全解全析，100% 命中考題！

每單元最後又附上，金牌日檢教師以專業與實力精心撰寫必勝模擬試題，試題完整掌握新制日檢出題傾向，並參考國際交流基金和及財團法人日本國際教育支援協會對外公佈的，日本語能力試驗文法部分的出題標準。最後並作了翻譯及直擊考點的解題分析！讓您可以即時演練、即時得知解題技巧，就像有個貼身日語教師幫您全解全析，帶您 100% 命中考題！

100%情境　日籍教師親自錄音，發音、語調、速度都力求符合新日檢考試情境！

書中所有日文句子，都由日籍教師親自錄音，發音、語調、速度都要求符合 N5 新日檢聽力考試情境，讓您一邊學文法，一邊還能熟悉 N5 情境的發音，這樣眼耳並用，為您打下堅實基礎，全面提升日語力！

目錄

contents

N5 題型分析

測驗科目 (測驗時間)			題型		小題 題數 ＊	分析
			試題內容			
語言知識 （25分）	文字、語彙	1	漢字讀音	◇	12	測驗漢字語彙的讀音。
		2	假名漢字寫法	◇	8	測驗平假名語彙的漢字及片假名的寫法。
		3	選擇文脈語彙	◇	10	測驗根據文脈選擇適切語彙。
		4	替換類義詞	○	5	測驗根據試題的語彙或說法，選擇類義詞或類義說法。
語言知識、讀解 （50分）	文法	1	文句的文法1 （文法形式判斷）	○	16	測驗辨別哪種文法形式符合文句內容。
		2	文句的文法2 （文句組構）	◆	5	測驗是否能夠組織文法正確且文義通順的句子。
		3	文章段落的文法	◆	5	測驗辨別該文句有無符合文脈。
	讀解＊	4	理解內容 （短文）	○	3	於讀完包含學習、生活、工作相關話題或情境等，約80字左右的撰寫平易的文章段落之後，測驗是否能夠理解其內容。
		5	理解內容 （中文）	○	2	於讀完包含以日常話題或情境為題材等，約250字左右的撰寫平易的文章段落之後，測驗是否能夠理解其內容。
		6	釐整資訊	◆	1	測驗是否能夠從介紹或通知等，約250字左右的撰寫資訊題材中，找出所需的訊息。
聽解 （30分）		1	理解問題	◇	7	於聽取完整的會話段落之後，測驗是否能夠理解其內容（於聽完解決問題所需的具體訊息之後，測驗是否能夠理解應當採取的下一個適切步驟）。
		2	理解重點	◇	6	於聽取完整的會話段落之後，測驗是否能夠理解其內容（依據剛才已聽過的提示，測驗是否能夠抓住應當聽取的重點）。
		3	適切話語	◆	5	測驗一面看圖示，一面聽取情境說明時，是否能夠選擇適切的話語。
		4	即時應答	◆	6	測驗於聽完簡短的詢問之後，是否能夠選擇適切的應答。

＊「小題題數」為每次測驗的約略題數，與實際測驗時的題數可能未盡相同。此外，亦有可能會變更小題題數。

＊有時在「讀解」科目中，同一段文章可能會有數道小題。

＊符號標示：「◆」舊制測驗沒有出現過的嶄新題型；「◇」沿襲舊制測驗的題型，但是更動部分形式；「○」與舊制測驗一樣的題型。

資料來源：《日本語能力試驗JLPT官方網站：分項成績‧合格判定‧合否結果通知》。2016年1月11日，取自：http://www.jlpt.jp/tw/guideline/results.html

本書使用說明

Point 1 秒記文法心智圖

有效歸納、整理的關鍵字及圖表，讓您學習思維在一夕間蛻變，思考化被動為主動！

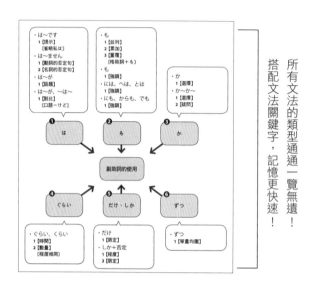

Point 2 瞬間回憶關鍵字

每項文法解釋前加上「關鍵字」，也就是將大量資料簡化的「重點字句」，幫助您以最少時間就能輕鬆抓住重點，刺激聯想，進而達到長期記憶的效果！

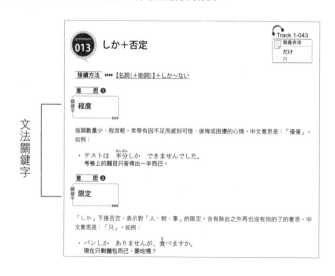

Point 3 「5W+1H」細分使用狀況

將所有符合 N5 文法程度的 5 個 W 跟 1 個 H 等使用狀況細分出來，並列出相對應的例句，讓您看到考題，答案立即選出！

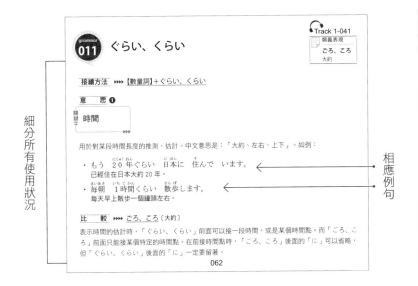

細分所有使用狀況

相應例句

Point 4 類義文法用法辨異

每項文法特別將難分難解刁鑽易混淆的文法項目，用「比一比」的方式進行整理、歸類，並分析易混淆文法間的意義、用法、語感、接續⋯等的微妙差異。讓您在考場中一看題目就能迅速找到答案，一舉拿下高分！

類義文法辨異解説

Point 5 小試身手＆必勝全真模擬試題＋解題攻略

學習完每章節的文法內容，馬上為您準備小試身手，測驗您學習的成果！接著還有金牌日檢教師以專業與實力精心撰寫必勝模擬試題，試題完整掌握新制日檢出題傾向，還附有翻譯及直擊考點的解題分析！讓您可以即時演練、即時得知解題技巧，就像有個貼身日語教師幫您全解全析，帶您100% 命中考題！

文法小試身手

全真模擬考題

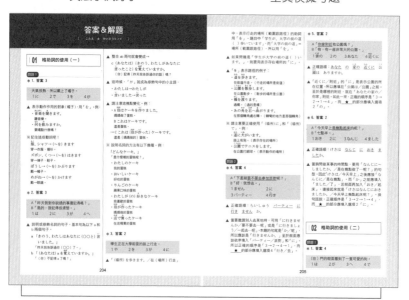

模擬考題解題

Lesson 01 格助詞の使用（一）
▶ 格助詞的使用（一）

date. 1 　　　／　　　　date. 2 　　　／

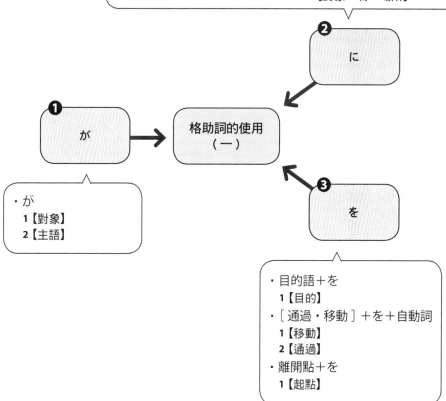

・場所＋に
　1【場所】
　〖いますか〗
　〖無生命－あります〗
・到達點＋に
　1【到達點】
・時間＋に
　1【時間】

・時間＋に＋次數
　1【範圍內次數】
・目的＋に
　1【目的】
・對象（人）＋に
　1【對象－人】
・對象（物・場所）＋に
　1【對象－物・場所】

❷ に

❶ が

格助詞的使用
（一）

・が
　1【對象】
　2【主語】

❸ を

・目的語＋を
　1【目的】
・［通過・移動］＋を＋自動詞
　1【移動】
　2【通過】
・離開點＋を
　1【起點】

類義表現

目的語＋を
對象

が

| 接續方法 ▶▶▶ 【名詞】＋が |

意　思 ❶

關鍵字 **對象** ▶▶▶

「が」前接對象，表示好惡、需要及想要得到的對象，還有能夠做的事情、明白瞭解的事物，以及擁有的物品。如例：

- この　パーティーは　お金（かね）が　いりません。
  這場派對是免費參加。
- 私（わたし）は　日本語（にほんご）が　わかります。
  我懂日語。

意　思 ❷

關鍵字 **主語** ▶▶▶

用於表示動作的主語，「が」前接描寫眼睛看得到的、耳朵聽得到的事情等。如例：

- 庭（にわ）に　花（はな）が　咲（さ）いて　います。
  庭院裡開著花。

- 冷蔵庫（れいぞうこ）に　バターが　ありますよ。
  冰箱裡有牛油喔！

比　較 ▶▶▶ 目的語＋を〔對象〕

這裡的「が」表示對象，也就是愛憎、優劣、巧拙、願望及能力等的對象，後面常接「好（す）き／喜歡」、「いい／好」、「ほしい／想要」、「上手（じょうず）／擅長」及「分（わ）かります／理解」等詞；「目的語＋を＋他動詞」中的「を」表示對象，也就是他動詞的動作作用的對象。

Track 1-002

類義表現

場所＋で
在…

場所＋に

接續方法 ▸▸▸ 【名詞】＋に

意　思 ❶

關鍵字 場所 ▸▸▸

「に」表示存在的場所。表示存在的動詞有「います（在）、あります（有）」，「います」用在自己可以動的有生命物體的人，或動物的名詞。中文意思是：「在…、有…」。如例：

・教室に　学生が　います。
　教室裡有學生。

・私の　両親は　韓国に　います。
　我的父母在韓國。

關鍵字 いますか ▸▸▸

「います＋か」表示疑問，是「有嗎？」、「在嗎？」的意思。中文意思是：「在…嗎、有…嗎」。如例：

・学校に　日本人の　先生は　いますか。
　學校裡有日籍教師嗎？

關鍵字 無生命－あります ▸▸▸

自己無法動的無生命物體名詞用「あります」，但例外的是植物雖然是有生命，但無法動，所以也用「あります」。中文意思是：「有…」。如例：

・机の　上に　カメラが　あります。
　桌上擺著相機。

比　較 ▸▸▸ 場所＋で〔在〕

「に」表示存在的場所。後面會接表示存在的動詞「います／あります」；「で」表示動作發生的場所。後面能接的動詞很多，只要是執行某個行為的動詞都可以。

到達點＋に

接續方法 ▸▸▸▸ 【名詞】＋に

意　思 ❶

關鍵字 到達點 ▸▸▸

表示動作移動的到達點。中文意思是：「到…、在…」。如例：

・東京駅（とうきょうえき）に 着（つ）きました。
　抵達了東京車站。

・飛行機（ひこうき）に 乗（の）ります。
　搭乘飛機。

・ここに 座（すわ）って ください。
　請坐在這裡。

・この 大学（だいがく）に 入（はい）りたいです。
　我想上這所大學。

比　較 ▸▸▸▸ 離開點＋を〔從…〕

「に」表示動作移動的到達點；「を」用法相反，是表示動作的離開點，後面常接「出（で）ます／出去；出來」、「降（お）ります／下（交通工具）」等動詞。

時間＋に

接續方法 ▸▸▸▸ 【時間詞】＋に

016

Track 1-005

意　思 ❶
關鍵字　**時間**

▶▶▶

寒暑假、幾點、星期幾、幾月幾號做什麼事等。表示動作、作用的時間就用「に」。中文意思是：「在…」。如例：

・ <ruby>朝<rt>あさ</rt></ruby>　7<ruby>時<rt>じ</rt></ruby>に　<ruby>起<rt>お</rt></ruby>きます。
　早上七點起床。

・ <ruby>日曜日<rt>にちようび</rt></ruby>に　<ruby>映画<rt>えいが</rt></ruby>を　<ruby>見<rt>み</rt></ruby>ました。
　在星期天看了電影。

・ <ruby>私<rt>わたし</rt></ruby>は　3<ruby>月<rt>さんがつ</rt></ruby>に　<ruby>生<rt>う</rt></ruby>まれました。
　我是在三月出生的。

・ <ruby>昼休<rt>ひるやす</rt></ruby>みに　<ruby>銀行<rt>ぎんこう</rt></ruby>へ　<ruby>行<rt>い</rt></ruby>きます。
　要利用午休時段去銀行。

比　較　▶▶▶　までに〔在…之前〕

「に」表示時間。表示某個時間點；而「までに」則表示期限，指的是「到某個時間點為止或在那之前」。

---

grammar 005	時間＋に＋次數

Track 1-005

類義表現

數量＋で＋數量
共…

接續方法　▶▶▶　【時間詞】＋に＋【數量詞】

意　思 ❶
關鍵字　**範圍內次數**

▶▶▶

表示某一範圍內的數量或次數，「に」前接某時間範圍，後面則為數量或次數。中文意思是：「…之中、…內」。如例：

・ <ruby>一週間<rt>いっしゅうかん</rt></ruby>に　2<ruby>回<rt>かい</rt></ruby>、プールに　<ruby>行<rt>い</rt></ruby>きます。
　每週去泳池游兩次。

・ <ruby>一日<rt>いちにち</rt></ruby>に　5<ruby>杯<rt>はい</rt></ruby>、コーヒーを　<ruby>飲<rt>の</rt></ruby>みます。
　一天喝五杯咖啡。

- 半年に 一度、旅行に 行きます。
  每半年旅行一次。
- 1時間に 1回 熱を 測って ください。
  請每小時量一次體溫。

比　　較 ▸▸▸ 数量＋で＋数量〔共…〕

兩個文法的格助詞「に」跟「で」前後都會接數字，但「時間＋に＋次數」前面是某段時間，後面通常用「～回／…次」，表示範圍內的次數；「數量＋で＋數量」是表示總額的統計。

 grammar 006　目的＋に

 Track 1-006
類義表現
目的語＋を
表示動作的目的或對象

接續方法 ▸▸▸ 【動詞ます形；する動詞詞幹】＋に

意　　思 ❶

關鍵字 目的
▸▸▸

表示動作、作用的目的、目標。中文意思是：「去…、到…」。如例：

- 郵便局へ 切手を 買いに 行きます。
  要去郵局買郵票。
- うちへ 遊びに 来ませんか。
  要不要來我家玩呢？
- 台湾へ 旅行に 行きました。
  去了台灣旅行。

- フランスへ 料理の 勉強に 行きます。
  要去上法國菜的烹飪課。

比　　較 ▸▸▸ 目的語＋を〔表示動作的目的或對象〕

「に」前面接動詞ます形或サ行變格動詞詞幹，後接「來、去、回」等移動性動詞，表示動作、作用的目的或對象，語含「為了」之意；「を」前面接名詞，後面接他動詞，表示他動詞的目的語，也就是他動詞動作直接涉及的對象。

grammar **007** 對象（人）＋に

Track 1-007

類義表現
起點（人）＋から
由…

接續方法 ▸▸▸ 【名詞】＋に

意　　思 ❶

對象－人

表示動作、作用的對象。中文意思是：「給…、跟…」。如例：

・先生に　質問します。
問老師問題。

・弟に　辞書を　貸します。
把辭典借給弟弟。

・友達に　日本語を　教えます。
教朋友日文。

・家族に　会いたいです。
想念家人。

比　　較 ▸▸▸ 起點（人）＋から〔由…〕

「對象（人）＋に」時，「に」前面是動作的接受者，也就是得到東西的人；「起點（人）＋から」時，「から」前面是動作的施予者，也就是給東西的人。但是，用句型「～をもらいます」（得到…）時，表示給東西的人，用「から」或「に」都可以，這時候「に」表示動作的來源，要特別記下來喔！

grammar 008

對象（物・場所）＋に

接續方法 ▸▸▸ 【名詞】＋に

意　思 ❶

關鍵字 **對象－ 物・場所** ▸▸▸

「に」的前面接物品或場所，表示施加動作的對象，或是施加動作的場所、地點。中文意思是：「…到、對…、在…、給…」。如例：

・コップに　お茶を　入れます。
把茶水倒進杯子裡。

・花に　水を　やります。
澆花。

・ここに　名前を　書いて　ください。
請在這裡寫上大名。

・壁に　カレンダーを　掛けます。
把月曆掛在牆上。

比　較 ▸▸▸ 場所＋まで〔到…〕

「に」前接物品或場所，表示動作接受的物品或場所；「まで」前接場所，表示動作到達的場所，也表示結束的場所。

grammar 009

目的語＋を

接續方法 ▸▸▸ 【名詞】＋を

意　思 ❶

關鍵字 **目的**

▸▸▸

「を」用在他動詞（人為而施加變化的動詞）的前面，表示動作的目的或對象。「を」前面的名詞，是動作所涉及的對象。如例：

・ 手紙_{てがみ}を　読_よみます。
　讀信。

・ シャワーを　浴_あびます。　----------▸
　沖澡。

・ ネクタイを　します。
　繫領帶。

・ コーヒーを　2杯_{にはい}　飲_のみました。
　喝了兩杯咖啡。

比　較　▸▸▸　對象（人）＋に〔給…〕

「を」前接目的語，表示他動詞的目的語，也就是他動詞直接涉及的對象；「に」前接對象（人），則表示動作的接受方，也就是 A 方單面方，授予動作對象的 B 方（人物、團體、動植物等），而做了什麼事。

[通過・移動] ＋を＋自動詞

grammar **010**

🎧 Track 1-010

📝 類義表現
到達點＋に
到…

接續方法　▸▸▸　【名詞】＋を＋【自動詞】

意　思 ❶

關鍵字 **移動**

▸▸▸

接表示移動的自動詞，像是「歩_{ある}く（走）、飛_とぶ（飛）、走_{はし}る（跑）」等。如例：

・ 子供_{こども}が　道_{みち}を　歩_{ある}いて　います。
　小孩正走在路上。

・ 毎朝_{まいあさ}　公園_{こうえん}を　散歩_{さんぽ}します。　----------▸
　每天早上都去公園散步。

意思 ❷

關鍵字 **通過**

▶▶▶

用助詞「を」表示經過或移動的場所，而且「を」後面常接表示通過場所的自動詞，像是「渡る（越過）、曲がる（轉彎）、通る（經過）」等。如例：

・ 交差点を　右に　曲がります。
   在路口向右轉。

・ 駅の　前を　通って　学校へ　行きます。
   去學校要經過車站前面。

比　　較　▶▶▶ 到達點＋に〔到…〕

「を」表示通過的場所，不會停留在那個場所；「に」表示動作移動的到達點，所以會停留在那裡一段時間，後面常接「着きます／到達」、「入ります／進入」、「乗ります／搭乗」等動詞。

Track 1-011

類義表現

場所＋から
從…

grammar **011** 離開點＋を

接續方法　▶▶▶ 【名詞】＋を

意思 ❶

關鍵字 **起點**

▶▶▶

動作離開的場所用「を」。例如，從家裡出來，學校畢業或從車、船及飛機等交通工具下來。如例：

・ 毎朝　8時に　家を　出ます。
   每天早上八點出門。

- 私は　アメリカの　大学を　卒業しました。
  我從美國的大學畢業了。
- 次の　駅で　電車を　降ります。
  在下一站下電車。
- 映画が　終わって、席を　立ちました。
  看完電影，從座位起身了。

比　　較　▸▸▸　場所＋から〔從…〕

「を」表示起點。表示離開某個具體的場所、交通工具，後面常接「出ます／出去；出來」、「降ります／下（交通工具）」等動詞；「から」也表示起點，但強調從某個場所或時間點開始做某個動作。

MEMO 📝

數字1到20的唸法

1 ～ 10			11 ～ 20	
1	いち	ひとつ	11	じゅういち
2	に	ふたつ	12	じゅうに
3	さん	みっつ	13	じゅうさん
4	し / よん / よ	よっつ	14	じゅうし / じゅうよん
5	ご	いつつ	15	じゅうご
6	ろく	むっつ	16	じゅうろく
7	しち / なな	ななつ	17	じゅうしち / じゅうなな
8	はち	やっつ	18	じゅうはち
9	きゅう / く	ここのつ	19	じゅうきゅう / じゅうく
10	じゅう	とお	20	にじゅう

※ 1 ～ 10 有兩種以上的唸法，而 11 以上的唸法則會因使用的場合、習慣等而
   有所不同。

※「0」唸「ゼロ」或「れい」。

數字10到9000的唸法

10 ～ 90		100 ～ 900		1000 ～ 9000	
10	じゅう	100	ひゃく	1000	せん
20	にじゅう	200	にひゃく	2000	にせん
30	さんじゅう	300	さんびゃく	3000	さんぜん
40	よんじゅう	400	よんひゃく	4000	よんせん
50	ごじゅう	500	ごひゃく	5000	ごせん
60	ろくじゅう	600	ろっぴゃく	6000	ろくせん
70	ななじゅう	700	ななひゃく	7000	ななせん
80	はちじゅう	800	はっぴゃく	8000	はっせん
90	きゅうじゅう	900	きゅうひゃく	9000	きゅうせん

數字10到9000的唸法

	一万	十万	百万	千万	一億
唸法	いちまん	じゅうまん	ひゃくまん	せんまん	いちおく

文法知多少？

☞ 請完成以下題目，從選項中，選出正確答案，並完成句子。

▼ 答案詳見右下角

1 兄は バイク（　　）好きです。

　　1. が　　　　　　2. を

2 変な 人（　　）、さっきから ずっと 私の 方を 見て います。

　　1. が　　　　　　2. は

3 明日 10時（　　）会いましょう。

　　1. に　　　　　　2. で

4 山本さんは、今 トイレ（　　）入って います。

　　1. を　　　　　　2. に

5 休みの 日は 図書館や 公園など（　　）行きます。

　　1. で　　　　　　2. へ

6 いつ 家（　　）着きますか。

　　1. に　　　　　　2. を

もんだい1 （　　　）に　何を　入れますか。1・2・3・4から　いちばん　いい　ものを　一つ　えらんで　ください。

1 暑いので　ぼうし（　　　）　かぶりました。
　　1　に　　　　　2　で　　　　　3　を　　　　　4　が

2 A「昨日、私（　　　）　あなたに　言った　ことを　覚えて　いますか。」
　　B「はい。よく　おぼえて　います。」
　　1　は　　　　　2　に　　　　　3　が　　　　　4　へ

3 学生が　大学の　まえの　道（　　　）　歩いて　います。
　　1　や　　　　　2　を　　　　　3　が　　　　　4　に

もんだい2 ＿＿＿★＿＿に　入る　ものは　どれですか。1・2・3・4から　いちばん　いい　ものを　一つ　えらんで　ください。

4 A「来週　＿＿＿　＿＿＿　＿★＿　＿＿＿か。」
　　B「はい、行きたいです。」
　　1　ません　　　2　に　　　　　3　パーティー　　4　行き

5 A「　＿＿＿　＿★＿　＿＿＿　＿＿＿　公園は　ありますか。」
　　B「はい、とても　ひろい　公園が　あります。」
　　1　家の　　　　2　の　　　　　3　あなた　　　　4　近くに

6 A「今朝は　＿＿＿　＿★＿　＿＿＿　＿＿＿か。」
　　B「7時半です。」
　　1　おき　　　　2　に　　　　　3　なんじ　　　　4　ました

▼ 翻譯與詳解請見 P.205

Lesson 02 格助詞の使用（二）

▶ 格助詞的使用（二）

date. 1　　／　　　　　date. 2　　／

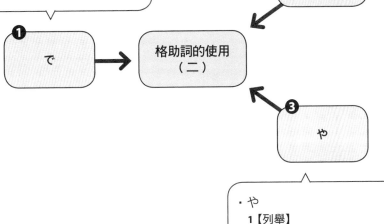

・場所＋で
　1【場所】
・［方法・手段］＋で
　1【手段】
　2【交通工具】
・材料＋で
　1【材料】
　〖詢問－何で〗
・理由＋で
　1【理由】
・数量＋で＋数量
　1【数量總和】
・［状態・情況］＋で
　1【状態】
　〖数量〗

❶　で

・［場所・方向］＋へ（に）
　1【方向】
　〖可跟に互換〗
・場所＋へ（に）＋目的＋に
　1【目的】
　〖サ変→語幹〗

❷　へ

格助詞的使用（二）

❸　や

・や
　1【列舉】
・や～など
　1【列舉】

類義表現

通過＋を＋自動詞
表示經過或移動的場所

grammar 001 場所＋で

接續方法 ▸▸▸ 【名詞】＋で

意　思 ❶

關鍵字 **場所**

▸▸▸

動作進行或發生的場所，是有意識地在某處做某事。「で」的前項為後項動作進行的場所。不同於「を」表示動作所經過的場所，「で」表示所有的動作都在那一場所進行。中文意思是：「在…」。如例：

・海で　泳ぎます。
　在海裡游泳。

・喫茶店で　働いて　います。
　在咖啡廳工作。

・北海道で　スキーを　しました。
　在北海道滑了雪。

・ここで　ちょっと　休みましょう。
　在這裡稍微休息一下吧。

比　較 ▸▸▸ 通過＋を＋自動詞〔表示經過或移動的場所〕

「で」表示場所。表示所有的動作都在那個場所進行；「を」表示通過。只表示動作所經過的場所，後面常接「渡ります／越過」、「曲がります／轉彎」、「歩きます／走路」、「走ります／跑步」、「飛びます／飛」等自動詞。

[方法・手段]＋で

Track 1-013

類義表現

對象（物・場所）＋に
對…

接續方法 ▸▸▸ 【名詞】＋で

意　思❶

關鍵字 **手段**
▸▸▸

表示動作的方法、手段，也就是利用某種工具去做某事。中文意思是：「用…」。如例：

- ボールペンで　名前を　書きます。
なまえ　か
用原子筆寫名字。

- スマートフォンで　動画を　見ます。
どうが　み
用智慧型手機看影片。

比　較 ▸▸▸ 對象（物・場所）＋に〔對…〕

「で」表示動作的方法、手段；「に」則表示施加動作的對象或地點。

意　思❷

關鍵字 **交通工具**
▸▸▸

是使用的交通運輸工具。中文意思是：「乘坐…」。如例：

- 自転車で　図書館へ　行きます。
じてんしゃ　としょかん　い
騎腳踏車去圖書館。

- エレベーターで　5階に　上がって　ください。
ごかい　あ
請搭電梯到五樓。

材料＋で

Track 1-014

類義表現

目的＋に
去…

接續方法 ▸▸▸▸ 【名詞】＋で

意　　思 ❶

關鍵字 | 材料
▸▸▸

製作什麼東西時，使用的材料。中文意思是：「用…」。如例：

- 肉と　野菜で　カレーを　作ります。
  用肉和蔬菜做咖哩。
- この　人形は　古い　着物で　作りました。
  這個人偶是用舊和服布料做成的。
- 日本の　お酒は　米で　できて　います。
  日本的酒是用米釀製而成的。

比　　較 ▸▸▸▸ 目的＋に〔去…〕

「で」表示製作東西所使用的材料；「に」表示動作的目的。請注意，「に」前面接的動詞連用形，只要將「動詞ます」的「ます」拿掉就是了。

關鍵字 | 詢問－何で
▸▸▸

詢問製作的材料時，前接疑問詞「何＋で」。中文意思是：「用什麼」。如例：

- 「これは　何で　作った　お菓子ですか。」「りんごで　作った　お菓子です。」
  「這是用什麼食材製作的甜點呢？」「這是用蘋果做成的甜點。」

理由＋で

Track 1-015

類義表現

動詞＋て
因為…

接續方法 ▸▸▸▸ 【名詞】＋で

意　思 ❶

關鍵字　**理由**

▶▶▶

「で」的前項為後項結果的原因、理由，是一種造成某結果的客觀、直接原因。中文意思是：「因為…」。如例：

・雪で　電車が　止まって　います。
　電車因為大雪而停駛。
・風邪で　学校を　休みました。 ┈┈┈┈┈▶
　由於感冒而向學校請假了。

・車の　音で　寝られません。
　被車輛的噪音吵得睡不著。
・勉強と　仕事で　忙しいです。
　既要讀書又要工作，忙得不可開交。

比　　較　▶▶▶　動詞＋て〔因為…〕

「理由＋で」、「動詞＋て」都可以表示原因。「で」用在簡單明白地敘述原因，因果關係比較單純的情況，前面要接名詞，例如「風邪／感冒」、「地震／地震」等；「動詞＋て」可以用在因果關係比較複雜的情況，但意思比較曖昧，前後關聯性也不夠直接。

🎧 Track 1-016

grammar
005

數量＋で＋數量

類義表現
も（數量）
竟…

接續方法　▶▶▶　【數量詞】＋で＋【數量詞】

意　思 ❶

關鍵字　**數量總和**

▶▶▶

「で」的前後可接數量、金額、時間單位等表示數量的合計、總計或總和。中文意思是：「共…」。如例：

・この　花は　3本で　500円です。
　這種花每三枝五百圓。

・「カラオケ、2時間で　1000円。」
　「只要 1000 圓就能唱 2 小時卡拉 OK！」

・ この　仕事は　100人で　1年　かかりますよ。
這項工作動用了一百人耗費整整一年才完成喔！

・ 一人で　全部　食べて　しまいました。
獨自一人全部吃光了。

比　　較　►►►　も(數量)〔竟…〕

「で」表示數量總和。前後接數量、金額、時間單位等，表示數量總額的統計；「も」表示強調。前面接數量詞，後接動詞肯定時，表示數量之多超出預料。前面接數量詞，後接動詞否定時，表示數量之少超出預料。有強調的作用。

Track 1-017
類義表現
が
表主語

grammar 006 ［狀態・情況］＋で

接續方法　►►►　【名詞】＋で

意　思　❶

關鍵字　狀態　►►►

表示動作主體在某種狀態、情況下做後項的事情。中文意思是：「在…、以…」。如例：

・ 大きな　声で　話して　ください。
請大聲講話。

・ この　部屋に　靴で　入らないで　ください。………►
請不要穿著鞋子進入這個房間。

關鍵字　數量　►►►

也表示動作、行為主體在多少數量的狀態下。如例：

・ ４０歳で　社長に　なりました。
四十歲時當上了社長。

・ 家族で　旅行しました。
全家人去了旅行。

「で」表示狀態。表示以某種狀態做某事，前面可以接人物相關的單字，例如「家族／家人」、「みんな／大家」、「自分／自己」、「一人／一個人」時，意思是「…一起（做某事）」、「靠…（做某事）」；「が」表示主語。前面接人時，是用來強調這個人是實行動作的主語。

Track 1-018

類義表現

場所＋で
在…

grammar 007 ［場所・方向］＋へ（に）

接續方法 ▶▶▶ 【名詞】＋へ（に）

意　　思 ❶

關鍵字 方向

前接跟地方、方位等有關的名詞，表示動作、行為的方向，也指行為的目的地。中文意思是：「往…、去…」。如例：

・先週、大阪へ　行きました。
　上星期去了大阪。

OSAKA

・交差点を　右へ　曲がります。
　在路口向右轉。

比　　較 ▶▶▶ 場所＋で〔在…〕

「へ（に）」表示方向。表示動作的方向或目的地，後面常接「行きます／去」、「来ます／來」等動詞；「で」表示動作發生、進行的場所。

關鍵字 可跟に互換

可跟「に」互換。如例：

・先月、日本に　来ました。
　在上個月來到了日本。

・夏休みは、国に　帰ります。
　將於暑假時回國。

grammar 008 場所＋へ（に）＋目的＋に

Track 1-019

類義表現
ため（に）
以…為目的

接續方法 ▸▸▸ 【名詞】＋へ（に）＋【動詞ます形；する動詞詞幹】＋に

意　思 ❶

關鍵字 **目的**
▸▸▸

表示移動的場所用助詞「へ」（に），表示移動的目的用助詞「に」。「に」的前面要用動詞ます形。中文意思是：「到…（做某事）」。如例：

・ 電気屋さんへ　パソコンを　買いに　行きました。
　去了 3C 賣場買電腦。

・ 今度、うちへ　遊びに　来て　ください。
　下次請來我家玩。

・ 京都へ　桜を　見に　行きませんか。
　要不要去京都賞櫻呢？

比　較 ▸▸▸ ため（に）〔以…為目的〕

兩個文法的「に」跟「ため（に）」前面都接目的語，但「に」要接動詞ます形，「ため（に）」接動詞辭書形或「名詞＋の」。另外，句型「場所＋へ（に）＋目的＋に」表示移動的目的，所以後面常接「行きます／去」、「来ます／來」（來）等移動動詞；「ため（に）」後面主要接做某事。

關鍵字 **サ変→語幹**
▸▸▸

遇到サ行變格動詞（如：散歩します），除了用動詞ます形，也常把「します」拿掉，只用語幹。

034

如例：

・アメリカへ 絵の 勉強に 行きます。
　要去美國學習繪畫。

や

🎧 Track 1-020

類義表現
名詞＋と＋名詞
…和…

接續方法 ▸▸▸ 【名詞】＋や＋【名詞】

意　思 ❶

關鍵字 列舉

▸▸▸

表示在幾個事物中，列舉出二、三個來做為代表，其他的事物就被省略下來，沒有全部説完。
中文意思是：「…和…」。如例：

・机の 上に 鉛筆や ノートが あります。
　桌上有鉛筆和筆記本。

・デパートで ネクタイや 鞄を 買いました。
　在百貨公司買了領帶和公事包。

・図書館で 本や 雑誌を 借ります。
　要到圖書館借閱書籍或雜誌。

・財布には お金や カードが 入って います。
　錢包裡裝著錢和信用卡。

比　較 ▸▸▸ 名詞＋と＋名詞〔…和…〕

「や」和「名詞＋と＋名詞」意思都是「…和…」，「や」暗示除了舉出的二、三個，還有其他的；
「と」則會舉出所有事物來。

grammar 010　や～など

接續方法	▶▶▶	【名詞】＋や＋【名詞】＋など

意　　思 ❶

關鍵字	列舉
	▶▶▶

這也是表示舉出幾項，但是沒有全部説完。這些沒有全部説完的部分用副助詞「など」（等等）來加以強調。「など」常跟「や」前後呼應使用。這裡雖然多加了「など」，但意思跟「や」基本上是一樣的。中文意思是：「和…等」。如例：

・りんごや　みかんなどの　果物が　好きです。
　我喜歡蘋果和橘子之類的水果。

・駅前には　パン屋や　本屋、靴屋などが　あります。
　車站前開著麵包坊，書店以及鞋鋪等等商店。

・スポーツの　後は、お茶や　ジュースなどを　飲みましょう。
　運動完，要喝茶或果汁之類的飲料喔！

・ここに　名前や　住所、電話番号などを　書きます。
　請在這裡寫上大名，住址和電話號碼等資料。

比　　較	▶▶▶	も（並列）〔…也…〕

「や～など」表示列舉，是列舉出部分的項目來，接在名詞後面；「も」表示並列之外，還有累加、重複之意。除了接在名詞後面，也有接在「名詞＋助詞」之後的用法。

STEP 3_ 小試身手

文法知多少？

☞ 請完成以下題目，從選項中，選出正確答案，並完成句子。

▼ 答案詳見右下角

1 手紙（　　）小包を 送りました。（指寄了信和包裹這兩件時）

　　1.も　　　　　　2.や

2 駅から 学校まで バス（　　）行きます。

　　1.で　　　　　　2.に

3 学校（　　）家へ 帰ります。

　　1.を　　　　　　2.から

4 地震（　　）電車が 止まりました。

　　1.で　　　　　　2.て

5 昨日は デパートへ 買い物（　　）行きました。

　　1.を　　　　　　2.に

6 私の 兄は 来月から 郵便局（　　）働きます。

　　1.で　　　　　　2.へ

答案：(1) 2 (2) 1 (3) 2 (4) 1
(5) 2 (6) 1

もんだい1　（　　）に　何を　入れますか。1・2・3・4から　いちばん
　　　　　　いい　ものを　一つ　えらんで　ください。

1　門の　前（　　　）可愛い　犬を　見ました。

　　1　は　　　　　　　2　が　　　　　　　3　へ　　　　　4　で

2　駅の　前の　道を　東（　　　）歩いて　ください。

　　1　を　　　　　　　2　が　　　　　　　3　か　　　　　4　へ

3　A「ゆうびんきょくは　どこですか。」

　　B「この　かどを　左（　　　）まがった　ところです。」

　　1　に　　　　　　　2　は　　　　　　　3　を　　　　　4　から

4　母と　デパート（　　　）買い物を　します。

　　1　で　　　　　　　2　に　　　　　　　3　を　　　　　4　は

5　弟は　今日　かぜ（　　　）ねて　います。

　　1　を　　　　　　　2　ので　　　　　　3　で　　　　　4　へ

もんだい2　＿＿★＿＿に　入る　ものは　どれですか。1・2・3・4から
　　　　　　いちばん　いい　ものを　一つ　えらんで　ください。

6　A「お兄さんは　おげんきですか。」

　　B「はい、とても＿＿＿＿　＿＿＿＿　＿★＿　＿＿＿＿　行って　います。」

　　1　げんき　　　　2　大学　　　　　　3　で　　　　　4　に

▼ 翻譯與詳解請見 P.206

Lesson

03 格助詞の使用（三）
▶ 格助詞的使用（三）

date. 1 ／ date. 2 ／

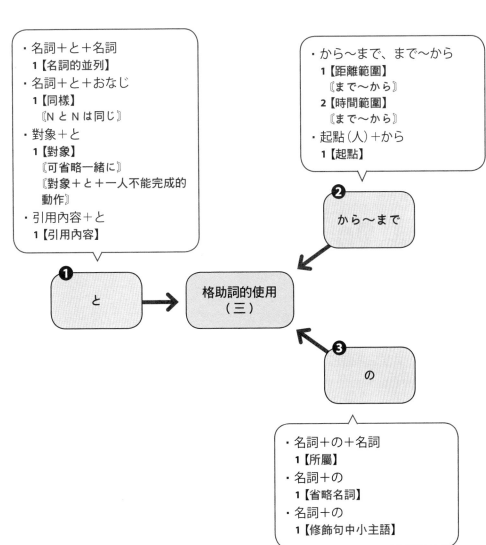

・名詞＋と＋名詞
  1【名詞的並列】
・名詞＋と＋おなじ
  1【同樣】
    〖NとNは同じ〗
・對象＋と
  1【對象】
    〖可省略一緒に〗
    〖對象＋と＋一人不能完成的動作〗
・引用內容＋と
  1【引用內容】

・から～まで、まで～から
  1【距離範圍】
    〖まで～から〗
  2【時間範圍】
    〖まで～から〗
・起點（人）＋から
  1【起點】

❷ から～まで

❶ と → 格助詞的使用（三） ← **❸** の

・名詞＋の＋名詞
  1【所屬】
・名詞＋の
  1【省略名詞】
・名詞＋の
  1【修飾句中小主語】

Track 1-022

grammar 001　名詞＋と＋名詞

類義表現
名詞／動詞辭書形＋か
…或…

接續方法 ▸▸▸ 【名詞】＋と＋【名詞】

意　思 ❶

關鍵字 名詞的並列 ▸▸▸

表示幾個事物的並列。想要敘述的主要東西，全部都明確地列舉出來。「と」大多與名詞相接。中文意思是：「…和…、…與…」。如例：

・ 卵と　牛乳を　買います。
　要去買雞蛋和牛奶。

・ ノートと　鉛筆を　出して　ください。
　請拿出筆記本和鉛筆。
・ 中国語と　フランス語が　できます。
　我懂中文和法文。
・ 電車と　バスで　大学へ　行きます。
　搭電車和巴士去大學上課。

比　較 ▸▸▸ 名詞／動詞辭書形＋か〔…或…〕

「名詞＋と＋名詞」表示並列。並列人物或事物等；「名詞／動詞辭書形＋か」表示選擇。用在並列兩個（或兩個以上）的例子，從中選擇一個。

Track 1-023

grammar 002　名詞＋と＋おなじ

類義表現
名詞＋と＋ちがって
與…不同…

接續方法 ▸▸▸▸ 【名詞】＋と＋おなじ

意　思 ❶

關鍵字 同樣
▸▸▸

表示後項和前項是同樣的人事物。中文意思是：「和…一樣的、和…相同的」。如例：

・ あの　人と　同じものが　食べたいです。
　我想和那個人吃相同的東西。

・ この　町は　20 年前　と同じです。
　這座城鎮和二十年前一樣。

比　較 ▸▸▸▸ 名詞＋と＋ちがって〔與…不同…〕

雖然「と同じ」和「と違って」都用在比較兩個人事物，但意思是相反的。而且「と同じ」在「同じ」就結束說明，但「と違って」會在「て」後面繼續說明。如果「と同じ」後面有後續說明的話，要改「と同じで」；相反地，如果「と違って」後面沒有後續說明的話，要改「と違います」。

關鍵字 ＮとＮは同じ
▸▸▸

也可以用「名詞＋と＋名詞＋は＋同じ」的形式。中文意思是：「…和…相同」。如例：

・ 私と　美和さんは　同じ　中学です。
　我跟美和同學就讀同一所中學。

・「なぜ」と「どうして」は　同じ　意味ですか。
　「為何」與「為什麼」是相同的語意嗎？

なぜ？ v.s. どうして？

 **對象＋と**

接續方法 ▸▸▸▸ 【名詞】＋と

意　　思 ❶

關鍵字 **對象**
　　　▸▸▸

「と」前接一起去做某事的對象時，常跟「一緒に」一同使用。中文意思是：「跟…一起」。如例：

・妹と　いっしょに　学校へ　行きます。
　和妹妹一起上學。

・犬と　いっしょに　写真を　撮りました。
　和小狗一起拍了照片。

關鍵字 **可省略一緒に**
　　　▸▸▸

這個用法的「一緒に」也可省略。中文意思是：「跟…（一起）」。如例：

・友達と　図書館で　勉強します。
　要和朋友到圖書館用功。

關鍵字 **對象＋と＋一人不能完成的動作**
　　　▸▸▸

「と」前接表示互相進行某動作的對象，後面要接一個人不能完成的動作，如結婚、吵架、或偶然在哪裡碰面等等。中文意思是：「跟…」。如例：

・大学で　李さんと　会いました。
　在大學遇到了李小姐。

比　　較 ►►►► 對象（人）＋に〔跟…〕

前面接人的時候，「と」表示雙方一起做某事；「に」則表示單方面對另一方實行某動作。譬如，「会います／見面」前面接「と」的話，表示是在約定好，雙方都有準備要見面的情況下，但如果接「に」的話，表示單方面有事想見某人，或是和某人碰巧遇到。

grammar 004　引用內容＋と

🎧 Track 1-025

📝 類義表現
　　という＋名詞
　　叫做…

接續方法 ►►►► 【句子】＋と

意　　思 ❶

關鍵字 引用內容 ►►►►

用於直接引用。「と」接在某人說的話，或寫的事物後面，表示說了什麼、寫了什麼。中文意思是：「說…、寫著…」。如例：

・朝は「おはよう　ございます」と　言います。
　早上要說「早安」。

・先生が「明日　テストを　します」と　言いました。
　老師宣布了「明天要考試」。

・女の子は　「キャー」と　大きな　声を　出しました。
　女孩「啊！」地大聲尖叫起來。

・先生に　「今日　休みます」と　電話しました。
　打了電話報告老師「今天要請假」。

比　　較 ►►►► という＋名詞〔叫做…〕

「と」用在引用一段話或句子；「という」用在提示出某個名稱。

grammar 005 から～まで、まで～から

接續方法 ▶▶▶ 【名詞】＋から＋【名詞】＋まで、【名詞】＋まで＋【名詞】＋から

意　思 ❶

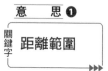
關鍵字 **距離範圍** ▶▶▶

表示移動的範圍，「から」前面的名詞是起點，「まで」前面的名詞是終點。中文意思是：「從…到…」。如例：

・うちから　駅まで　歩きます。
　從家裡走到車站。

關鍵字 **まで～から** ▶▶▶

表示距離的範圍，也可用「まで～から」。中文意思是：「到…從…」。如例：

・台湾まで、東京から　飛行機で　4時間くらいです。
　從東京搭乘飛機到台灣大約需要四個小時。

意　思 ❷

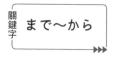
關鍵字 **時間範圍** ▶▶▶

表示時間的範圍，也就是某動作發生在某期間，「から」前面的名詞是開始的時間，「まで」前面的名詞是結束的時間。中文意思是：「從…到…」。如例：

・仕事は　9時から　3時までです。
　工作時間是從九點到三點。

關鍵字 **まで～から** ▶▶▶

表示時間的範圍，也可用「まで～から」。中文意思是：「到…從…」。如例：

- 試験の　日まで、今日から　頑張ります。
  從今天開始努力用功到考試那天為止。

比　　較 ▶▶▶ や～など〔…和…等〕

「から～まで」表示距離、時間的起點與終點，是「從…到…」的意思；「や～など」則是列舉出部分的項目，是「…和…等」的意思。

grammar
006
　起點（人）＋から

接續方法 ▶▶▶ 【名詞】＋から

意　　思 ❶

關鍵字 起點
▶▶▶

表示從某對象借東西、從某對象聽來的消息，或從某對象得到東西等。「から」前面就是這某對象。中文意思是：「從…、由…」。如例：

- 友達から　ＣＤを　借ります。
  向朋友借 CD。
- その　話は　誰から　聞きましたか。
  那件事是聽誰說的？
- 会社から　電話ですよ。
  公司有人打電話找你喔！
- 父から　時計を　もらいました。••••••••▶
  爸爸送了手錶給我。

比　　較 ▶▶▶ 離開點＋を〔從…〕

「から」表示起點。前面接人，表示物品、信息等的起點（提供方或來源方），也就是動作的施予者；「を」表示離開點。後面接帶有離開或出發意思的動詞，表示離開某個具體的場所、交通工具、出發地點。

grammar 007　名詞＋の＋名詞

接續方法 ▸▸▸ 【名詞】＋の＋【名詞】

意　思 ❶

關鍵字 **所屬** ▸▸▸

用於修飾名詞，表示該名詞的所有者、內容說明、作成者、數量、材料、時間及位置等等。中文意思是：「…的…」。如例：

- これは　<ruby>私<rt>わたし</rt></ruby>の　<ruby>鞄<rt>かばん</rt></ruby>です。
  這是我的皮包。

- それは　<ruby>日本語<rt>に ほん ご</rt></ruby>の　ＣＤです。
  那是日語 CD。

- <ruby>母<rt>はは</rt></ruby>の　<ruby>料理<rt>りょうり</rt></ruby>は　おいしいです。
  媽媽做的菜很好吃。

- <ruby>牛肉<rt>ぎゅうにく</rt></ruby>と　トマトの　カレーを　<ruby>作<rt>つく</rt></ruby>ります。
  用牛肉和番茄煮咖哩。

比　較 ▸▸▸ 名詞＋の〔表示小主語〕

「名詞＋の＋名詞」表示所屬。在兩個名詞中間，做連體修飾語，表示：所屬、內容說明、作成者、數量、同位語及位置基準等等；「名詞＋の」表示句中的小主語。和「が」同義。也就是「の」所連接的詞語具有小主語的功能。例如：「あの<ruby>髪<rt>かみ</rt></ruby>の（＝が）<ruby>長<rt>なが</rt></ruby>い<ruby>女<rt>おんな</rt></ruby>の<ruby>子<rt>こ</rt></ruby>は<ruby>誰<rt>だれ</rt></ruby>ですか／那個長頭髮的女孩是誰？」

grammar 008　名詞＋の

接續方法 ▸▸▸ 【名詞】＋の

準體助詞「の」後面可省略前面出現過，或無須說明大家都能理解的名詞，不需要再重複，或替代該名詞。中文意思是：「…的」。如例：

- その　コーヒーは　私(わたし)のです。
  那杯咖啡是我的。
- この　パソコンは　会社(かいしゃ)のです。
  這台電腦是公司的。
- あの　カレンダーは　来年(らいねん)のです。
  那份月曆是明年的。
- この　傘(かさ)は　誰(だれ)のですか。
  這把傘是誰的呢？

比　　較　▸▸▸　形容詞＋の〔替代名詞〕

為了避免重複，用形式名詞「の」代替前面提到過的，無須說明大家都能理解的名詞，或後面將要說明的事物、場所等；形容詞後面接的「の」是一個代替名詞，代替句中前面已出現過，或是無須解釋就明白的名詞。

Track 1-030

類義表現

は
表示主題

grammar
009　名詞＋の

接續方法　▸▸▸　【名詞】＋の

意　　思 ❶

關鍵字　修飾句中
小主語

▸▸▸

表示修飾句中的小主語，意義跟「が」一樣，例如：「あの背(せ)の（＝が）低(ひく)い人(ひと)は田中(たなか)さんです／那位小個子的是田中先生」。大主題用「は」表示，小主語用「の」表示。中文意思是：「…的…」。如例：

- 母(はは)の　作(つく)った　料理(りょうり)を　食(た)べます。
  我要吃媽媽做的菜。

・これは　友達の　撮った　写真です。
這是朋友拍的照片。

・先生の　書いた　本を　読みました。
拜讀了老師寫的大作。

・ここは　兄の　働いて　いる　会社です。
這是哥哥上班的公司。

比　較 ▸▸▸ は〔表示主題〕

「の」可以表示修飾句中的小主語；「は」接在名詞的後面，可以表示這個名詞就是大主題。
如「私は映画が好きです／我喜歡看電影」。

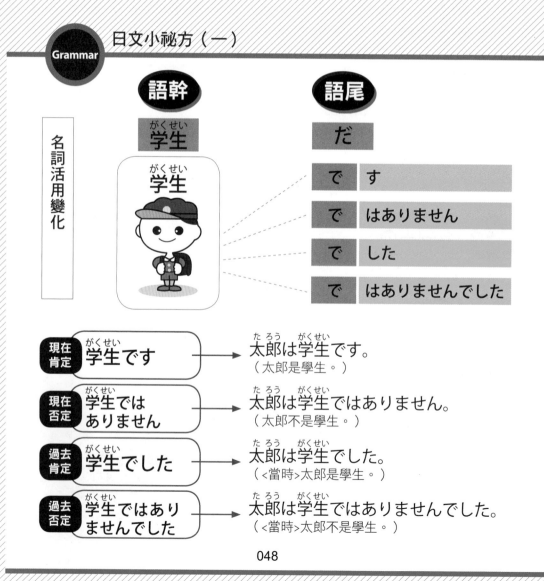

日文小祕方（一）

語幹	語尾
学生	だ
	で　す
	で　はありません
	で　した
	で　はありませんでした

名詞活用變化

現在肯定　学生です → 太郎は学生です。
（太郎是學生。）

現在否定　学生ではありません → 太郎は学生ではありません。
（太郎不是學生。）

過去肯定　学生でした → 太郎は学生でした。
（＜當時＞太郎是學生。）

過去否定　学生ではありませんでした → 太郎は学生ではありませんでした。
（＜當時＞太郎不是學生。）

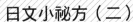

Grammar

日文小祕方（二）

名詞

　　表示人或事物名稱的詞，多由一個或一個以上的漢字構成，也有漢字和假名混寫的，或只寫假名的。名詞沒有詞形變化，可在句中當做主語、受詞或定語。

一、日語名詞語源有：

1. 日本固有的名詞

　　水（みず）　　花（はな）　　人（ひと）　　山（やま）

2. 漢字音讀的詞（來自中國的漢字）

　　先生（せんせい）　　教室（きょうしつ）
　　中国（ちゅうごく）　辞典（じてん）

3. 日本自造的漢字詞（和製漢字）

　　畑（はたけ）　　　　辻（つじ）　　　峠（とうげ）

4. 外來語名詞（一般不含從中國引進的漢字）

　　バス（bus）　　　　テレビ（television）
　　ギター（guitar）　　コップ（cup）

二、日語名詞的構詞法有：

1. 單純名詞

　　頭（あたま）　　　ノート（note book）
　　机（つくえ）　　　月（つき）

2. 複合名詞

　　名詞＋名詞一縞馬（しまうま）
　　形容詞詞幹＋名詞一大雨（おおあめ）
　　動詞連用形＋名詞一飲み物（のみもの）
　　名詞＋動詞連用形一金持ち（かねもち）

3. 派生名詞

　　重さ（おもさ）　　　遠さ（とおさ）
　　立派さ（りっぱさ）　白さ（しろさ）

外來語

日語中的外來語，主要指從歐美語言中音譯過來的（習慣上不把從中國吸收的漢語看作外來語），其中多數來自英語。書寫時，基本上只能用片假名。但是，有一些外來語，由於很早以前就從歐美引進了，當時就以平假名或漢字書寫並保留到現在的。例：たばこ（タバコ［tabaco］）、珈琲（コーヒー［koffie］）。例如：

一、來自各國的外來語

1. 來自英語的外來語

バス［bus］（公共汽車）　　テレビ［television］（電視）

2. 來自其他語言的外來語

パン（麵包〈葡萄牙語〉）　　マラカス（響葫蘆〈西班牙語〉）
コップ（杯子〈荷蘭語〉）

二、外來語的分類

1. 純粹的外來語—不加以改變，按照原意使用的外來語。例如：

アイロン［iron］（熨斗）　　カメラ［camera］（照相機）

2. 日式外來語—以英語詞彙為素材，創造出來的日式外來語。這種詞彙雖貌似英語，但卻是英語所沒有的。例如：

auto+bicycle →オートバイ（摩托車）
back+mirror →バックミラー（後照鏡）
salaried+man →サラリーマン（上班族）

3. 轉換詞性的外來語—

把外來語的意義或形態部分加以改變，例如：

アパート（公寓）　　　マンション（高級公寓）

或添加具有日語特徵成分的詞語。例如，把具有動作性質的外來語用「外來語＋する」的方式轉變成動詞。

テストする（測驗）　　ノックする（敲門）　　　キスする（接吻）

還有，把外來語加上「る」，使其成為五段動詞，為口語化的用法。

メモる（做筆記）　　　サボる（怠工）　　　　ミスる（弄錯）

STEP 3_ 小試身手

文法知多少？

☞ 請完成以下題目，從選項中，選出正確答案，並完成句子。

▼ 答案詳見右下角

1 ここは 私（わたし）（　　）働（はたら）いて いる 会社（かいしゃ）です。

　　1．の　　　　　　　　2．は

2 その 靴（くつ）は 私（わたし）（　　）です。

　　1．の　　　　　　　　2．こと

3 妹（いもうと）が 好（す）きな 歌手（かしゅ）は、私（わたし）（　　）です。

　　1．と同（おな）じ　　　　2．と違（ちが）って

4 これは 台湾（タイワン）（　　）バナナですか。

　　1．か　　　　　　　　2．の

5 銀行（ぎんこう）は 9時（くじ）から 3時（さんじ）（　　）です。

　　1．から　　　　　　　2．まで

6 去年（きょねん）、友達（ともだち）（　　）いっしょに 海（うみ）へ 行（い）きました。

　　1．は　　　　　　　　2．と

答案：(1) 1 (2) 1 (3) 1 (4) 2
(5) 2 (6) 2

051

もんだい1 （　　　）に　何を　入れますか。1・2・3・4から　いちばん
　　　　　いい　ものを　一つ　えらんで　ください。

1　A「あなたは　明日　だれ（　　　）会うのですか。」
　　B「小学校の　ときの　友だちです。」

　　1　は　　　　　　　2　が　　　　　　　3　へ　　　　　　　4　と

2　図書館は、土曜日から　月曜日（　　　）お休みです。

　　1　も　　　　　　　2　まで　　　　　　3　に　　　　　　　4　で

3　A「これは　だれの　本ですか。」
　　B「山口くん（　　　）です。」

　　1　の　　　　　　　2　へ　　　　　　　3　が　　　　　　　4　に

4　きのう、わたしは　友だち（　　　）こうえんに　いきました。

　　1　が　　　　　　　2　は　　　　　　　3　と　　　　　　　4　に

5　A「この　かさは　だれ（　　　）かりたのですか。」
　　B「すずきさんです。」

　　1　から　　　　　　2　まで　　　　　　3　さえ　　　　　　4　にも

もんだい2 ＿＿★＿＿に　入る　ものは　どれですか。1・2・3・4から
　　　　　いちばん　いい　ものを　一つ　えらんで　ください。

6　A「家には　どんな　ペットが　いますか。」
　　B「＿＿＿＿　＿★＿＿　＿＿＿＿　＿＿＿＿よ。」

　　1　犬　　　　　　　2　ねこが　　　　　3　と　　　　　　　4　います

▼ 翻譯與詳解請見 P.208

04 副助詞の使用

▶ 副助詞的使用

date. 1 　　／　　　　　date. 2 　　　／

- は〜です
  1【提示】
    〖省略「私は」〗
- は〜ません
  1【動詞的否定句】
  2【名詞的否定句】
- は〜が
  1【話題】
- は〜が、〜は〜
  1【對比】
    〖口語－けど〗

- も
  1【並列】
  2【累加】
  3【重覆】
    〖格助詞＋も〗
- も
  1【強調】
- には、へは、とは
  1【強調】
- にも、からも、でも
  1【強調】

- か
  1【選擇】
- か〜か〜
  1【選擇】
  2【疑問】

❶ は

❷ も

❸ か

副助詞的使用

❹ ぐらい

❺ だけ、しか

❻ ずつ

- ぐらい、くらい
  1【時間】
  2【數量】
    〖程度相同〗

- だけ
  1【限定】
- しか＋否定
  1【程度】
  2【限定】

- ずつ
  1【等量均攤】

053

は〜です

Track 1-031
類義表現
は〜ことだ
也就是…的意思

接續方法 ▶▶▶ 【名詞】＋は＋【敘述的內容或判斷的對象之表達方式】＋です

意　思 ❶

關鍵字 提示

助詞「は」表示主題。所謂主題就是後面要敘述的對象，或判斷的對象，而這個敘述的內容或判斷的對象，只限於「は」所提示的範圍。用在句尾的「です」表示對主題的斷定或是說明。中文意思是：「…是…」。如例：

・私は　学生です。
　我是學生。

・今日は　暑いです。
　今天很熱。

・この　映画は　有名です。
　這部電影很著名。

比　　較 ▶▶▶ は〜ことだ〔也就是…的意思〕

「は〜です」表示提示。提示已知事物作為談論的話題。助詞「は」用在提示主題，「です」表示對主題的斷定或是說明；「は〜ことだ」表示說明。表示對名稱的解釋，例如「TV はテレビのことです／所謂 TV 也就是電視的意思」。

關鍵字 省略「私は」

為了避免過度強調自我，用這個句型自我介紹時，常將「私は」省略。如例：

・（私は）李芳です。よろしく　お願いします。
　（我叫）李芳，請多指教。

は～ません

Track 1-032

類義表現

動詞（現在否定）
否定人或事物的存在、動作、行為和作用

接續方法 ▸▸▸ 【名詞】＋は＋【否定的表達形式】

意　思 ❶

關鍵字 **動詞的否定句**
▸▸▸

表示動詞的否定句，後面接否定「ません」，表示「は」前面的名詞或代名詞是動作、行為否定的主體。中文意思是：「不…」。如例：

・ ジョンさんは　英語を　話しません。
　　約翰先生不會講英語。

・ 趙さんは　お酒を　飲みません。
　　趙先生不喝酒。

比　較 ▸▸▸ 動詞（現在否定）〔否定人或事物的存在、動作、行為和作用〕

「は～ません」是動詞否定句，後接否定助詞「ません」，表示「は」前面的名詞或代名詞是動作、行為否定的主體；「動詞（現在否定）」也是動詞後接否定助詞「ません」就形成了現在否定式的敬體了。

意　思 ❷

關鍵字 **名詞的否定句**
▸▸▸

表示名詞的否定句，用「は～ではありません」的形式，表示「は」前面的主題，不屬於「ではありません」前面的名詞。中文意思是：「不…」。如例：

・ 私は　アメリカ人では　ありません。
　　我不是美國人。

・ 明日は　暇では　ありません。
　　明天沒空。

は〜が

Track 1-033

類義表現

主題＋は〜です
表示主題就是後面要敘述的對象

接續方法 ▸▸▸ 【名詞】＋は＋【名詞】＋が

意思 ❶

關鍵字 話題 ▸▸▸

表示以「は」前接的名詞為話題對象，對於這個名詞的一個部分或屬於它的物體（「が」前接的名詞）的性質、狀態加以描述。如例：

・弟は　背が　高いです。
　弟弟個子很高。

・今日は　天気が　いいです。
　今天天氣晴朗。

・この　店は　魚料理が　有名です。
　這家餐館的魚料理是招牌菜。

・私は　新しい　靴が　欲しいです。
　我想要一雙新鞋。

比較 ▸▸▸ 主題＋は〜です〔表示主題就是後面要敘述的對象〕

「は〜が」表示對主語（話題對象）的從屬物的狀態、性質進行描述；「主題＋は〜です」表示提示句子的主題部分，接下來一個個說明，也就是對主題進行解說或斷定。

は〜が、〜は〜

Track 1-034

類義表現

は〜で、〜です
是…，是…

接續方法 ▸▸▸ 【名詞】＋は＋【名詞です（だ）；形容詞・動詞丁寧形（普通形）】＋が、【名詞】＋は

意　思 ❶

關鍵字 **對比**

▶▶▶

「は」除了提示主題以外，也可以用來區別、比較兩個對立的事物，也就是對照地提示兩種事物。
中文意思是：「但是…」。如例：

・王さんは　台湾人ですが、林さんは　日本人です。
　王小姐是台灣人，而林小姐是日本人。

・掃除は　しますが、料理は　しません。 ┄┄┄┄▶
　我會打掃，但不做飯。

・英語は　できますが、フランス語は　できません。
　我會說英語，但不會說法語。

比　　較　▶▶▶　は～で、～です〔是…，是…〕

「は～が、～は～」用在比較兩件事物；但「は～で、～です」是針對一個主題，將兩個敘述
合在一起說。例如：「これは果物で有名です／這是水果，享有盛名」。

關鍵字 **口語－けど**

▶▶▶

在一般口語中，可以把「が」改為「けど」。中文意思是：「但是…」。如例：

・ワインは　好きだけど、ビールは　好きじゃない。
　雖然喜歡喝紅酒，但並不喜歡喝啤酒。

🎧 Track 1-035

📄 類義表現
か
…或是…

grammar
005　も

意　思 ❶

關鍵字 **並列**

▶▶▶

【名詞】＋も＋【名詞】＋も。表示同性質的東西並列或列舉。中文意思是：「也…也…、都是…」。
如例：

・父も　母も　元気です。 ┄┄┄┄┄┄┄┄┄┄▶
　家父和家母都老當益壯。

【名詞】＋も。可用於再累加上同一類型的事物。中文意思是：「也、又」。如例：

- マリさんは　学生（がくせい）です。ケイトさんも　学生（がくせい）です。
  瑪麗小姐是大學生，肯特先生也是大學生。

【名詞】＋とも＋【名詞】＋とも。重覆、附加或累加同類時，可用「とも～とも」。中文意思是：「也和…也和…」。如例：

- 私（わたし）は　マリさんとも　ケイトさんとも　友達（ともだち）です。
  瑪麗小姐以及肯特先生都是我的朋友。

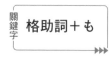

「も」表示並列，或累加、重複時，這些被舉出的事物，都符合後面的敘述；但「か」表示選擇，要在列舉的事物中，選出一個。

【名詞】＋【格助詞】＋も。表示累加、重複時，「も」除了接在名詞後面，也有接在「名詞＋格助詞」之後的用法。如例：

- 京都（きょうと）にも　大阪（おおさか）にも　行（い）ったことが　あります。
  我去過京都也去過大阪。

```
grammar
006
```
も

接續方法 ▶▶▶ 【數量詞】＋も

Track 1-036

類義表現

ずつ
每

關鍵字　強調

▶▶▶

「も」前面接數量詞，表示數量比一般想像的還多，有強調多的作用。含有意外的語意。中文意思是：「竟、也」。如例：

・ この　映画は　3回も　見ました。
　　這部電影我已經足足看過三遍了。

・ 家から　大学まで　2時間も　かかります。
　　從家裡到大學要花上兩個鐘頭。

・ 日本語の　本を　5冊も　買いました。
　　買了多達五本日文書。

・ 風邪で　10人も　休んで　います。
　　由於感冒而導致多達十人請假。

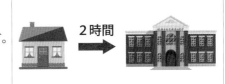

<u>比　　較</u>　▶▶▶　ずつ〔每〕

兩個文法都接在數量詞後面，但「も」是強調數量比一般想像的還多；「ずつ」表示數量是平均分配的。

 grammar 007　**には、へは、とは**

 Track 1-037

類義表現

にも、からも、でも
表示強調

<u>接續方法</u>　▶▶▶　【名詞】＋には、へは、とは

<u>意　思 ❶</u>

關鍵字　強調

▶▶▶

格助詞「に、へ、と」後接「は」，有特別提出格助詞前面的名詞的作用。如例：

・ この　部屋には　大きな　窓が　あります。⋯⋯⋯⋯▶
　　這個房間有一扇大窗戶。

・ 直子さんには　友達が　たくさん　います。
　　直子小姐有很多朋友。

・ この　電車は　京都へは　行きません。
　　這班電車不駛往京都。

- 鈴木さんとは　昨日　初めて　会いました。
  我昨天才第一次見到了鈴木小姐。

比　較 ▸▸▸ にも、からも、でも〔表示強調〕

「は」前接格助詞時，是用在特別提出格助詞前面的名詞的時候；「も」前接格助詞時，表示除了格助詞前面的名詞以外，還有其他的人事物。

grammar 008 にも、からも、でも

🎧 Track 1-038

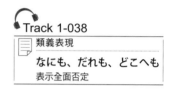
📝 類義表現
なにも、だれも、どこへも
表示全面否定

接續方法 ▸▸▸ 【名詞】＋にも、からも、でも

意　思 ❶

關鍵字 強調
▸▸▸

格助詞「に、から、で」後接「も」，表示不只是格助詞前面的名詞以外的人事物。如例：

- 「お茶を　一杯　ください。」「あ、私にも　ください。」
  「請給我一杯茶。」「啊，也請給我一杯。」
- これは　小さな　子供にも　分かることです。
  這是連小孩子都知道的事。
- 教室から　富士山が　見えます。私の　部屋からも　見えます。
  從教室可以遠眺富士山。從我的房間也可以看得到。
- これは　インターネットでも　買えます。⸱⸱⸱⸱⸱⸱▸
  這東西在網路上也買得到。

比　較 ▸▸▸ なにも、だれも、どこへも〔表示全面否定〕

格助詞「に、から、で」後接「も」，表示除了格助詞前面的名詞以外，還有其他的人事物，有強調語氣；「も」上接疑問代名詞「なに、だれ、どこへ」，下接否定語，表示全面的否定，如果下接肯定語，就表示全面肯定。

🎧 Track 1-039

grammar 009 か

📝 類義表現
か～か（選擇）
…或是…

接續方法 ▸▸▸ 【名詞】＋か＋【名詞】

意　思 ❶

選擇

表示在幾個當中，任選其中一個。中文意思是：「或者…」。如例：

- 明日か　明後日、もう一度　来ます。
  明天或後天會再來一趟。

- 犬か　猫を　飼って　いますか。
  家裡養狗或貓嗎？

- バスか　自転車で　行きます。━━━━━▶
  搭巴士或騎自行車前往。

- 英語か　中国語で　話して　ください。
  請用英文或中文表達。

比　　較 ▶▶▶ か～か（選擇）〔…或是…〕

「か」表示在幾個名詞當中，任選其中一個，或接意思對立的兩個選項，表示從中選出一個；
「か～か」會接兩個（或以上）並列的句子，表示提供聽話人兩個（或以上）方案，要他從中
選一個出來。

Track 1-040

類義表現

か～ないか～
是不是…呢

grammar
010

か～か～

接續方法 ▶▶▶ 【名詞】+か+【名詞】+か；【形容詞普通形】+か+【形容詞普通形】+か；【形容動詞詞幹】+
か+【形容動詞詞幹】+か；【動詞普通形】+か+【動詞普通形】+か

意　思 ❶

選擇

「か」也可以接在最後的選擇項目的後面。跟「か」一樣，表示在幾個當中，任選其中一個。
中文意思是：「…或是…」。如例：

- あの　人が　この　学校の　先生か　生徒か、知りません。
  我不知道那個人是這所學校的老師還是學生。

- 暑いか　寒いか、言って　ください。
  請說清楚你到底覺得熱還是冷！

・ 参加するか　しないか、決めて　ください。
　請做出決定究竟要參加還是不參加！

意　思 ❷

關鍵字
疑問 ▶▶▶

「～か＋疑問詞＋か」中的「～」是舉出疑問詞所要問的其中一個例子。中文意思是：「…呢？還是…呢」。如例：

・ 海か　どこか、遠いところへ　行きたいな。
　真想去海邊或是某個地方，總之離這裡越遠越好。

比　較 ▶▶▶ か～ないか～〔是不是…呢〕

「か～か～」表示疑問並選擇；「か～ないか～」表示不確定的內容，例如「おもしろいかおもしろくないか分かりません／我不知道是否有趣」。

grammar
011　ぐらい、くらい

🎧 Track 1-041
類義表現
ごろ、ころ
大約

接續方法 ▶▶▶ 【數量詞】＋ぐらい、くらい

意　思 ❶

關鍵字
時間 ▶▶▶

用於對某段時間長度的推測、估計。中文意思是：「大約、左右、上下」。如例：

・ もう　20年ぐらい　日本に　住んで　います。
　已經住在日本大約20年。
・ 毎朝　1時間くらい　散歩します。
　每天早上散步一個鐘頭左右。

比　較 ▶▶▶ ごろ、ころ〔大約〕

表示時間的估計時，「ぐらい、くらい」前面可以接一段時間，或是某個時間點。而「ごろ、ころ」前面只能接某個特定的時間點。在前接時間點時，「ごろ、ころ」後面的「に」可以省略，但「ぐらい、くらい」後面的「に」一定要留著。

意思 ❷

關鍵字 **數量**

▸▸▸

一般用在無法預估正確的約略數量，或是數量不明確的時候。中文意思是：「大約、左右」。如例：

· この お皿は 100万円くらい しますよ。
這枚盤子價值大約一百萬圓喔！

關鍵字 **程度相同**

▸▸▸

可表示兩者的程度相同，常搭配「と同じ」。中文意思是：「和…一樣…」。如例：

· 私の 国は 日本の 夏と 同じくらい 暑いです。
我的國家差不多和日本的夏天一樣熱。

---

grammar 012 **だけ**

📝 類義表現

まで
到…

接續方法 ▸▸▸ 【名詞(＋助詞＋)】＋だけ；【名詞；形容動詞詞幹な】＋だけ；【形容詞·動詞普通形】
＋だけ

意思 ❶

關鍵字 **限定**

▸▸▸

表示只限於某範圍，除此以外沒有別的了。用在限定數量、程度，也用在人物、物品、事情等。
中文意思是：「只、僅僅」。如例：

· 午前中だけ 働きます。────────────────▶
只在上午工作。

· 誰にも 言いません。私にだけ 教えて ください。
我絕不會說出去的！請告訴我一個人就好。

· 箱が きれいなだけです。箱の 中は 安い 物です。
盒子外觀漂亮而已，盒子裡面裝的只是便宜貨。

・ 見るだけですよ。触らないで ください。
  只能用眼睛看喔！請不要伸手觸摸。

比　較 ▶▶▶ まで〔到…〕

「だけ」用在限定的某範圍。後面接肯定、否定都可以，而且不一定有像「しか＋否定」含有不滿、遺憾的心情；「まで」表示範圍的終點。可以表示結束的時間、場所。也可以表示動作會持續進行到某時間點。

grammar 013 しか＋否定

Track 1-043
類義表現
だけ
只

接續方法 ▶▶▶ 【名詞（＋助詞）】＋しか～ない

意　思 ❶

關鍵字 程度 ▶▶▶

強調數量少、程度輕。常帶有因不足而感到可惜、後悔或困擾的心情。中文意思是：「僅僅」。如例：

・ テストは　半分しか　できませんでした。
  考卷上的題目只答得出一半而已。

意　思 ❷

關鍵字 限定 ▶▶▶

「しか」下接否定，表示對「人、物、事」的限定。含有除此之外再也沒有別的了的意思。中文意思是：「只」。如例：

・ パンしか　ありませんが、食べますか。
  現在只剩麵包而已，要吃嗎？

・ ラフマンさんは　野菜しか　食べません。
  拉夫曼先生只吃蔬菜。

- この 車は 4人しか 乗れません。
  <ruby>車<rt>くるま</rt></ruby> <ruby>4人<rt>よにん</rt></ruby> <ruby>乗<rt>の</rt></ruby>
  這輛車只能容納四個人搭乘。

比　較 ▸▸▸ だけ〔只〕

兩個文法意思都是「只有」，但「しか」後面一定要接否定形。「だけ」後面接肯定、否定都可以，而且不一定有像「しか＋否定」含有不滿、遺憾的心情。

Track 1-044

類義表現

數量＋で＋數量
共…

grammar 014　ずつ

接續方法 ▸▸▸ 【數量詞】＋ずつ

意　思 ❶

關鍵字 等量均攤

▸▸▸

接在數量詞後面，表示平均分配的數量。中文意思是：「每、各」。如例：

- お<ruby>菓子<rt>かし</rt></ruby>は 一人 3つずつ 取って ください。
  <ruby>一人<rt>ひとり</rt></ruby> <ruby>3つ<rt>みっ</rt></ruby> <ruby>取<rt>と</rt></ruby>
  甜點請每人各拿三個。
- 一日に 10個ずつ 新しい 言葉を 覚えます。
  <ruby>一日<rt>いちにち</rt></ruby> <ruby>10個<rt>じゅっこ</rt></ruby> <ruby>新<rt>あたら</rt></ruby> <ruby>言葉<rt>ことば</rt></ruby> <ruby>覚<rt>おぼ</rt></ruby>
  每天背誦十個生詞。
- では、一人ずつ 部屋に 入って ください。
  <ruby>一人<rt>ひとり</rt></ruby> <ruby>部屋<rt>へや</rt></ruby> <ruby>入<rt>はい</rt></ruby>
  那麼，請以每次一人的順序進入房間。
- 空が 少しずつ 暗く なって きました。
  <ruby>空<rt>そら</rt></ruby> <ruby>少<rt>すこ</rt></ruby> <ruby>暗<rt>くら</rt></ruby>
  天色逐漸暗了下來。

比　較 ▸▸▸ **數量＋で＋數量**〔共…〕

「ずつ」前接數量詞，表示數量是等量均攤，平均分配的；「で」的前後可接數量、金額、時間單位等，表示總額的統計。

	1	2	3	4	5	6
數字唸法	いち	に	さん	し／よん	ご	ろく
～番/ばん	いち番	に番	さん番	よん番	ご番	ろく番
～個/こ	いっ個	に個	さん個	よん個	ご個	ろっ個
～回/かい	いっ回	に回	さん回	よん回	ご回	ろっ回
～枚/まい	いち枚	に枚	さん枚	よん枚	ご枚	ろく枚
～台/だい	いち台	に台	さん台	よん台	ご台	ろく台
～冊/さつ	いっ冊	に冊	さん冊	よん冊	ご冊	ろく冊
～歳/さい	いっ歳	に歳	さん歳	よん歳	ご歳	ろく歳
～本/ほん、ぼん、ぽん	いっぽん	にほん	さんぼん	よんほん	ごほん	ろっぽん
～匹/ひき	いっぴき	にひき	さんびき	よんひき	ごひき	ろっぴき
～分/ふん、ぷん	いっぷん	にふん	さんぷん	よんぷん	ごふん	ろっぷん
～杯/はい、ばい、ぱい	いっぱい	にはい	さんばい	よんはい	ごはい	ろっぱい
人數數法	ひとり	ふたり	さんにん	よにん	ごにん	ろくにん

	7	8	9	10
數字唸法	しち／なな	はち	く／きゅう	じゅう
～番/ばん	なな番	はち番	きゅう番	じゅう番
～個/こ	なな個	はち個／はっ個	きゅう個	じゅっ個／じっ個
～回/かい	なな回	はっ回	きゅう回	じゅっ回／じっ回
～枚/まい	なな枚	はち枚	きゅう枚	じゅう枚
～台/だい	なな台	はち台	きゅう台	じゅう台
～冊/さつ	なな冊	はっ冊	きゅう冊	じゅっ冊／じっ冊
～歳/さい	なな歳	はっ歳	きゅう歳	じゅっ歳／じっ歳
～本/ほん、ぼん、ぽん	ななほん	はっぽん	きゅうほん	じゅっぽん／じっぽん
～匹/ひき	ななひき／しちひき	はちひき／はっぴき	きゅうひき	じゅっぴき／じっぴき
～分/ふん、ぷん	ななふん／しちふん	はっぷん	きゅうふん	じゅっぷん／じっぷん
～杯/はい、ばい、ぱい	ななはい	はっぱい	きゅうはい	じゅっぱい／じっぱい
人數數法	ななにん／しちにん	はちにん	きゅうにん／くにん	じゅうにん

～番：…號（表示順序）

～個：…個（表示小物品之數量）

～回：…次（表示頻率）

～枚：…張（表示薄、扁平的東西之數量）

～台：…台（表示機器、車輛等之數量）

～冊：…本（表示書、筆記本、雜誌之數量）

～才：…歲（表示年齡）

～本：…瓶（表示尖而細長的東西之數量）

～匹：…隻（表示小動物、魚、昆蟲等之數量）

～分：…分（表示時間）

～杯：…杯（表示杯裝的飲料之數量）

MEMO

文法知多少？

☞ 請完成以下題目，從選項中，選出正確答案，並完成句子。

▼ 答案詳見右下角

1 来週（　　）再来週、お金を　返すつもりです。

　　1．か　　　　　　　　2．も

2 この　スマホは　20万円（　　）します。

　　1．ずつ　　　　　　　2．も

3 あれは　自転車の　かぎ（　　）ありません。

　　1．です　　　　　　　2．では

4 平野さんとは　会いましたが、山下さん（　　）会って　いません。

　　1．とは　　　　　　　2．とも

5 花子（　　）が　来ました。

　　1．しか　　　　　　　2．だけ

6 明日、時間が　ある（　　）ない（　　）まだ　わかりません。

　　1．か／か　　　　　　2．と／と

もんだい1　（　　　）に　何を　入れますか。1・2・3・4から　いちばん
　　　　　　いい　ものを　一つ　えらんで　ください。

1 行く（　　　）行かないか、まだ　わかりません。

　　1　と　　　　　　　2　か　　　　　　　3　や　　　　　　　4　の

2 私（　　　）兄が　二人　います。

　　1　まで　　　　　　2　では　　　　　　3　から　　　　　　4　には

3 この　肉は　高いので、少し（　　　）買いません。

　　1　は　　　　　　　2　の　　　　　　　3　しか　　　　　　4　より

4 A「魚が　たくさん　およいで　いますね。」
　 B「そうですね。50ぴき（　　　）いるでしょう。」

　　1　ぐらい　　　　　2　までは　　　　　3　やく　　　　　　4　などは

5 A「部屋には　だれか　いましたか。」
　 B「いいえ、（　　　）いませんでした。」

　　1　だれが　　　　　2　だれに　　　　　3　だれも　　　　　4　どれも

6 A「きょう（　　　）あなたの　たんじょうびですか。」
　 B「そうです。8月13日です。」

　　1　も　　　　　　　2　まで　　　　　　3　から　　　　　　4　は

▼ 翻譯與詳解請見 P.209

Lesson

05 その他の助詞と接尾語の使用

▶ 其他助詞及接尾語的使用

date. 1 ／ date. 2 ／

・句子＋か
　1【疑問句】
・句子＋か、句子＋か
　1【選擇性的疑問句】
・句子＋ね
　1【認同】
　2【感嘆】
　3【確認】
　4【思索】
　　〚對方也知道〛

・句子＋よ
　1【注意】
　2【肯定】
　　〚對方不知道〛

・が
　1【前置詞】
・が
　1【逆接】
・疑問詞＋が
　1【疑問詞主語】
・疑問詞＋か
　1【不明確】

❷ 終助詞

❶ 接續助詞 ➡ 其他助詞及
接尾語的使用

❸ 接尾詞

・じゅう
　1【時間】
　2【空間】
・ちゅう
　1【正在繼續】
・ごろ
　1【時間】

・すぎ、まえ
　1【時間】
　2【年齡】
　3【時間】
　4【年齡】
・たち、がた、かた
　1【人的複數】

〚更有禮貌－がた〛
〚人→方〛
〚人們→方々〛
・かた
　1【方法】

grammar 001　が

Track 1-045

類義表現

けれど(も)、けど
雖然

Basic Japanese Grammar Exercises
to improve your JLPT score

第

05

其他助詞及接尾語的使用

接續方法 ▶▶▶ 【句子】＋が

意　思 ❶

關鍵字 前置詞 ▶▶▶

在向對方詢問、請求、命令之前，作為一種開場白使用。如例：

・失礼ですが、山本さんの　奥さんですか。
　不好意思，請問您是山本夫人嗎？

・もしもし、高木ですが、陳さんは　いますか。
　喂，敝姓高木，請問陳先生在嗎？

・今度の　日曜日ですが、テニスを　しませんか。
　下個星期天，要不要一起打網球呢？

・すみませんが、パスポートを　見せて　ください。
　不好意思，請出示護照。

比　較 ▶▶▶ けれど(も)、けど〔雖然〕

「が」與「けれど(も)、けど」在意思或接續上都通用，都表示為後句做鋪墊的開場白。但「けど」是口語表現，如果是文書上，使用「が」比較適當。

grammar 002　が

接續方法 ▶▶▶ 【名詞です（だ）；形容動詞詞幹だ；形容詞・動詞丁寧形（普通形）】＋が

意　思 ❶

關鍵字 逆接

　　　　▶▶▶

表示連接兩個對立的事物，前句跟後句內容是相對立的。中文意思是：「但是…」。如例：

・外は　寒いですが、家の　中は　暖かいです。
　雖然外面很冷，但是家裡很溫暖。 ╌╌╌▶

・この　アパートは、古いですが　広いです。
　這棟公寓雖然老舊，但很寬敞。

・練習しましたが、まだ　上手では　ありません。
　雖然練習過了，但還不夠純熟。

・英語は　できますが、中国語は　できません。
　雖然懂英文，但是不懂中文。

比　較 ▶▶▶ から〔因為…〕

「が」的前、後項是對立關係，屬於逆接的用法；但「から」表示因為前項而造成後項，前後
是因果關係，屬於順接的用法。

grammar 003　疑問詞＋が

接續方法 ▶▶▶ 【疑問詞】＋が

意　思 ❶

關鍵字 疑問詞主語

　　　　▶▶▶

當問句使用「だれ、どの、どこ、なに、どれ、いつ」等疑問詞作為主語時，主語後面會接「が」。
如例：

- 「教室に　誰が　いますか。」「誰も　いません。」
  「有人在教室裡嗎？」「沒人在。」

- どの　映画が　面白いですか。
  哪種電影比較有趣呢？

- 右の　絵と　左の　絵は、どこが　違いますか。••••••►
  右邊的圖和左邊的圖有不一樣的地方嗎？

- 「何が　食べたいですか。」「お寿司が　食べたいです。」
  「你想吃什麼？」「我想吃壽司。」

比　　較 ►►►► 疑問詞＋も〔都（不）…〕

「疑問詞＋が」當問句使用疑問詞作為主語時，主語後面會接「が」，以構成疑問句中的主語。回答時主語也必須用「が」；「も」上接疑問詞，下接否定語，表示全面的否定。

---

grammar 004 疑問詞＋か

🎧 Track 1-048

📝 類義表現

句子＋か
…嗎

接續方法 ►►►► 【疑問詞】＋か

意　　思 ❶

關鍵字 **不明確**

►►►

「か」前接「なに、いくつ、どこ、いつ、だれ、いくら、どれ」等疑問詞後面，表示不明確、不肯定，或沒必要說明的事物。如例：

- 何か　食べませんか。••••••••••••••••••••••••••••►
  要不要吃點什麼？

- これから　いくつか　質問を　します。
  接下來想請教幾個問題。

- どこか　静かなところで　話しましょう。
  我們找個安靜的地方講話吧。

- 誰か　助けて　ください。
  救命啊！

比　　較 ►►►► 句子＋か〔…嗎〕

「疑問詞＋か」的前面接疑問詞，表示不明確、不肯定，沒有辦法具體說清楚，或沒必要說明的事物；「句子＋か」的前面接句子，表示懷疑或不確定。用在問別人自己想知道的事。

073

grammar 005　句子＋か

接續方法 ▸▸▸▸ 【句子】＋か

意　思 ❶

關鍵字 **疑問句**
▸▸▸

接於句末，表示問別人自己想知道的事。中文意思是：「嗎、呢」。如例：

・あなたは　アメリカ人ですか。 ┄┄┄┄┄▶
　請問您是美國人嗎？

・学校は　楽しいですか。
　學校有趣嗎？

・台湾料理は　好きですか。
　喜歡吃台灣菜嗎？

・海を　見たことが　ありますか。
　曾經看過海嗎？

比　　較 ▸▸▸▸ 句子＋よ〔…唷〕

終助詞「か」表示懷疑或不確定，用在問別人自己想知道的事；終助詞「よ」用在促使對方注意，或使對方接受自己的意見時。

grammar 006　句子＋か、句子＋か

接續方法 ▸▸▸▸ 【句子】＋か、【句子】＋か

意　思 ❶

關鍵字 **選擇性的
疑問句**
▸▸▸

表示讓聽話人從不確定的兩個事物中，選出一樣來。中文意思是：「是…，還是…」。如例：

- ジャンさんは　アメリカ人ですか、ブラジル人ですか。
  傑先生是美國人呢？還是巴西人呢？
- この　お菓子は　台湾のですか、日本のですか。
  這種甜點是台灣的呢？還是日本的呢？
- 明日は　暑いですか、寒いですか。
  明天氣溫是熱還是冷呢？

- 今日の　テストは　簡単ですか、難しいですか。
  今天的測驗簡單嗎？還是困難呢？

比　較 ▸▸▸ とか～とか〔…啦…啦〕

「か～か」會接句子，表示提供聽話人兩個方案，要他選出來；但「とか～とか」接名詞、動詞基本形、形容詞或形容動詞，表示從眾多同類人事物中，舉出兩個來加以說明。

---

 grammar 007 句子＋ね

Track 1-051

類義表現
句子＋よ
…喔

接續方法 ▸▸▸ 【句子】＋ね

意　思 ❶

關鍵字 **認同** ▸▸▸

徵求對方的認同。中文意思是：「…都、…喔、…呀、…呢」。如例：

- 疲れましたね。休みましょう。
  累了呢，我們休息吧。

比　較 ▸▸▸ 句子＋よ〔…喔〕

終助詞「ね」主要是表示徵求對方的同意，也可以表示感動，而且使用在認為對方也知道的事物；終助詞「よ」則表示將自己的意見或心情傳達給對方，使用在認為對方不知道的事物。

意思 ❷

關鍵字 **感嘆**
▶▶▶

表示輕微的感嘆。中文意思是：「…啊」。如例：

・ 健ちゃんは いつも 元気ですね。
　小健總是活力充沛呢。

意思 ❸

關鍵字 **確認**
▶▶▶

表示跟對方做確認的語氣。中文意思是：「…吧」。如例：

・ 土曜日、銀行は 休みですよね。
　星期六，銀行不營業吧？

・ この 部屋、ちょっと 暗いですね。電気を 点けますね。
　這個房間有點暗喔，我們開燈吧！

意思 ❹

關鍵字 **思索**
▶▶▶

表示思考、盤算什麼的意思。中文意思是：「…啊」如例：

・「そうですね…。」
　「這樣啊……。」

關鍵字 **對方也知道**
▶▶▶

基本上使用在說話人認為對方也知道的事物。如例：

・ だんだん 寒く なって きましたね。
　天氣越來越冷了。

grammar 008　句子＋よ

接續方法 ▸▸▸ 【句子】＋よ

意　思 ❶

關鍵字 注意 ▸▸▸

請對方注意。中文意思是：「…喲」。如例：

・ もう　8時ですよ。起きて　ください。
　 已經八點囉，快起床！

意　思 ❷

關鍵字 肯定 ▸▸▸

向對方表肯定、提醒、説明、解釋、勸誘及懇求等，用來加強語氣。中文意思是：「…喔、…喲、…啊」。如例：

・「お元気ですか。」「ええ、私は　元気ですよ。」
　「最近好嗎？」「嗯，我很好喔！」

・ 遅いから、もう　帰りましょうよ。
　 時間不早了，我們回家吧！

關鍵字 對方不知道 ▸▸▸

基本上使用在説話人認為對方不知道的事物，想引起對方注意。如例：

・ この　店の　パン、おいしいですよ。
　 這家店的麵包很好吃喔！

比　較 ▸▸▸ 句子＋の〔…嗎〕

「よ」表示提醒、囑咐對方注意他不知道，或不瞭解的訊息，也表示肯定；「の」表示疑問或責問，例如：「誰が好きなの／你喜歡誰呢？」「どこへ行ったの／你上哪兒去了？」。

grammar
009 じゅう

接續方法 ▸▸▸ 【名詞】＋じゅう

意 思 ❶

關鍵字 時間 ▸▸▸

日語中有自己不能單獨使用，只能跟別的詞接在一起的詞，接在詞前的叫接頭語，接在詞尾的叫接尾語。「中（じゅう）」是接尾詞。接時間名詞後，用「時間＋中」的形式表示在此時間的「全部、從頭到尾」，一般寫假名。中文意思是：「全…、…期間」。如例：

・あの 子は 一日中、ゲームを しています。
　這孩子從早到晚都在打電玩。

・今日中に 返事を ください。
　請於今天之內回覆。

意 思 ❷

關鍵字 空間 ▸▸▸

可用「空間＋中」的形式，接場所、範圍等名詞後，表示整個範圍內出現了某事，或存在某現象。中文意思是：「…內、整整」。如例：

・この 歌は 世界中の 人が 知って います。
　這首歌舉世聞名。

・山本先生の 声は 学校中に 聞こえます。
　山本老師的聲音傳遍整座校園。

比　　較 ▸▸▸ ちゅう〔正在…〕

「じゅう」表示整個時間段。期間內的某一時間點。整個區域、空間；「ちゅう」表示動作或狀態正在持續中的整個過程。動作持續過程中的某一點。整個時間段。

Track 1-054

類義表現

動詞＋ています
正在…

grammar
010

ちゅう

接續方法 ▸▸▸ 【動作性名詞】＋ちゅう

意　　思 ❶

關鍵字

正在繼續

▸▸▸

「中（ちゅう）」接在動作性名詞後面，表示此時此刻正在做某件事情，或某狀態正在持續中。前接的名詞通常是與某活動有關的詞。中文意思是：「…中、正在…、…期間」。如例：

・課長は　今、電話中です。
　科長目前正在通電話。

・食事中に　携帯電話を　見ないで　ください。
　吃飯時請不要滑手機。

・「勉強中、静かに。」
　「正在讀書，請保持安靜！」

・これは　旅行中に　ロンドンで　撮った　写真です。
　這是我在倫敦旅行時拍的照片。

比　　較 ▸▸▸ 動詞＋ています〔正在…〕

兩個文法都表示正在進行某個動作，但「ちゅう」前面多半接名詞，接動詞的話要接連用形；而「ています」前面要接動詞て形。

 ごろ

接續方法 ▶▶▶ 【名詞】＋ごろ

意　思 ❶

關鍵字 時間 ▶▶▶

表示大概的時間點，一般只接在年、月、日，和鐘點的詞後面。中文意思是：「左右」。如例：

・今日は　昼ごろから　雨に　なります。
　今天從中午開始下起雨來。

・金さんは　3月ごろに　この　町に　来ました。
　金女士曾於三月份左右造訪過這座小鎮。

・2010年ごろ、私は　カナダに　いました。
　2010年前後，我去過加拿大。

・この　山は、毎年　今ごろが　一番　きれいです。 ⋯▶
　這座山每年這個時候是最美的季節。

比　　較 ▶▶▶ ぐらい〔大約〕

表示時間的估計時，「ごろ」前面只能接某個特定的時間點；而「ぐらい」前面可以接一段時間，或是某個時間點。前接時間點時，「ごろ」後面的「に」可以省略，但「ぐらい」後面的「に」一定要留著。

 すぎ、まえ

接續方法 ▶▶▶ 【時間名詞】＋すぎ、まえ

意　思 ❶

關鍵字 時間 ▶▶▶

接尾詞「すぎ」，接在表示時間名詞後面，表示比那時間稍後。中文意思是：「過…」。如例：

080

・ 毎朝 8時過ぎに 家を 出ます。
<ruby>毎朝<rt>まいあさ</rt></ruby> <ruby>8時過<rt>はちじす</rt></ruby>ぎに <ruby>家<rt>いえ</rt></ruby>を <ruby>出<rt>で</rt></ruby>ます。
每天早上八點過後出門。

 比　較 ▶▶▶ 時間＋に〔在…〕

「すぎ、まえ」是名詞的接尾詞，表示在某個時間基準點的後或前；「時間＋に」的「に」是助詞，表示某個時間點。

意　思 ❷

 關鍵字 年齡

▶▶▶

接尾詞「すぎ」，也可用在年齡，表示比那年齡稍長。中文意思是：「…多」。如例：

・ 30過ぎの 黒い 服の 男を 見ましたか。
<ruby>30過<rt>さんじゅうす</rt></ruby>ぎの <ruby>黒<rt>くろ</rt></ruby>い <ruby>服<rt>ふく</rt></ruby>の <ruby>男<rt>おとこ</rt></ruby>を <ruby>見<rt>み</rt></ruby>ましたか。
你有沒有看到一個三十多歲、身穿黑衣服的男人？

意　思 ❸

關鍵字 時間

▶▶▶

接尾詞「まえ」，接在表示時間名詞後面，表示那段時間之前。中文意思是：「差…、…前」。如例：

・ 2年前に 結婚しました。
<ruby>2年前<rt>にねんまえ</rt></ruby>に <ruby>結婚<rt>けっこん</rt></ruby>しました。
我兩年前結婚了。

意　思 ❹

關鍵字 年齡

▶▶▶

接尾詞「まえ」，也可用在年齡，表示還未到那年齡。中文意思是：「…前、未滿…」。如例：

・ まだ 二十歳まえの 子供が 二人います。
まだ <ruby>二十歳<rt>はたち</rt></ruby>まえの <ruby>子供<rt>こども</rt></ruby>が <ruby>二人<rt>ふたり</rt></ruby>います。
我有兩個還沒滿二十歲的小孩。

grammar 013　たち、がた、かた

接續方法 ▸▸▸ 【名詞】+たち、がた、かた

意　思 ❶

關鍵字 **人的複數**

接尾詞「たち」接在「私」、「あなた」等人稱代名詞的後面，表示人的複數。但注意有「私たち」、「あなたたち」、「彼女たち」但無「彼たち」。中文意思是：「…們」。如例：

・ 私たちは　日本語学校の　生徒です。
　我們是這所日語學校的學生。

比　較 ▸▸▸ 彼 +ら〔他們〕

「たち、がた、かた」前接人物或人稱代名詞，表示人物的複數；但要表示「彼」的複數，就要用「彼+ら」的形式。「ら」前接人物或人稱代名詞，也表示人物的複數，但說法比較隨便。「ら」也可以前接物品或事物名詞，表示複數，如「これらは私のです／這些是我的」。

關鍵字 **更有禮貌—がた**

接尾詞「方」也是表示人的複數的敬稱，說法更有禮貌。如例：

・ あなた方は　台湾人ですか。
　請問您們是台灣人嗎？

關鍵字 **人→方**

「方」是對「人」表示敬意的說法。如例：

・ あの　方は　大学の　先生です。
　那一位是大學教授。

082

「方々」是對「人たち」（人們）表示敬意的説法。如例：

・ 留学中は、たくさんの　方々に　お世話に　なりました。
　留學期間承蒙諸多人士的關照。

Track 1-058

類義表現

[方法・手段]＋で
用…

grammar 014　かた

接續方法 ▶▶▶【動詞ます形】＋かた

意　思 ❶

表示方法、手段、程度跟情況。中文意思是：「…法、…樣子」。如例：

・ この　漢字の　読み方を　教えて　ください。
　請告訴我這個漢字的讀音。

・ 料理の　作り方を　母に　聞きます。
　向媽媽請教如何做料理。

・ 駅までの　行き方を　地図に　書いて　あげました。
　畫了前往車站的路線圖給他。

・ それは、あなたの　言い方が　悪いですよ。
　那該怪你措辭失當喔！

比　較 ▶▶▶ [方法・手段]＋で〔用…〕

「かた」前接動詞ます形，表示動作的方法、手段、程度跟情況；「[方法・手段]＋で」前接名詞，表示採用或通過什麼方法、手段來做後項，或達到目的。

083

接續詞介於前後句子或詞語之間，起承先啟後的作用。接續詞按功能可分類如下：

1. 把兩件事物用邏輯關係連接起來的接續詞

（1）表示順態發展。根據對方說的話，再說出自己的想法或心情。或用在某事物的開始或結束，以及與人分別的時候。如：

それでは（那麼）

例：

「この　くつ、ちょっと　大きいですね。」

「それでは　こちらは　いかがでしょうか。」

（「這雙鞋子，有點大耶！」「那麼，這雙您覺得如何？」）

それでは、さようなら。（那麼，再見！）

（2）表示轉折關係，後面的事態跟前面的事態是相反的，或提出與對方相反的意見。如：

しかし（但是）

例：

時間は　あります。しかし　お金が　ありません。

（我有時間，但是沒有錢。）

（3）表示讓步條件。用在句首，表示跟前面的敘述內容，相反的事情持續著。比較口語化，比「しかし」說法更隨便。如：

でも（不過）

例：

たくさん　食べました。でも　すぐ　お腹が　すきました。

（吃了很多，不過肚子馬上又餓了。）

2. 分別敘述兩件以上事物時使用的接續詞

（1）表示動作順序。連接前後兩件事情，表示事情按照時間順序發生。如：

そして（接著）、それから（然後）

例：

昨日は　映画を　見ました。そして　食事を　しました。

（昨天看了電影，然後吃了飯。）

食事を　して、それから　歯を　磨きます。

（用了餐，接著刷牙。）

（2）表示並列。用在列舉事物，再加上某事物。如：

そして（還有）、それから（還有）

例：

うちには　犬と　猫が　います。それから　亀も　います。

（我家有狗和貓，還有烏龜。）

MEMO

文法知多少？

☞ 請完成以下題目，從選項中，選出正確答案，並完成句子。

▼ 答案詳見右下角

1　授業（　　）は、携帯の　電源を　切って　ください。

　　1．ちゅう　　　　　2．して　います

2　野菜は　嫌いです（　　）、肉は　好きです。

　　1．が　　　　　　　2．で

3　この　車は、すてきです（　　）、あまり　高く　ありません。

　　1．が　　　　　　　2．から

4　忙しい　毎日でしょう（　　）、どうぞ　お体を　大切に　して
　　ください。（致老師）

　　1．が　　　　　　　2．けど

5　今日は　水曜日じゃ　ありませんよ、木曜日です（　　）。

　　1．よ　　　　　　　2．か

6　私は、2時間（　　）銀行を　出ました。

　　1．あと　　　　　　2．で

もんだい1　（　　　）に　何を　入れますか。1・2・3・4から　いちばん
　　　　　　いい　ものを　一つ　えらんで　ください。

1　A「パンの　（　　　）方を　おしえて　くださいませんか。」
　　B「いいですよ。」
　　1　作ら　　　　　　2　作って　　　　　3　作る　　　　　4　作り

2　山田「田上さん、きょうだいは。」
　　田上「兄は　います（　　　）、弟は　いません。」
　　1　から　　　　　　2　ので　　　　　　3　で　　　　　　4　が

3　(電話で)
　　山田「山田と　もうしますが、そちらに　田上さん　（　　　）。」
　　田上「はい、わたしが　田上です。」
　　1　では　ないですか　　　　　　　2　いましたか
　　3　いますか　　　　　　　　　　　4　ですか

4　A「だれ（　　　）私の　お弁当を　食べましたか。」
　　B「妹が　食べました。」
　　1　に　　　　　　　2　と　　　　　　　3　が　　　　　　4　は

5　A「おきなわでも　雪が　ふりますか。」
　　B「ふった　ことは　ありますが、あまり　（　　　）。」
　　1　ふります　　　　　　　　　　2　ふりません
　　3　ふって　いました　　　　　　4　よく　ふります

もんだい2　＿＿＿★＿＿＿に　入る　ものは　どれですか。1・2・3・4から
　　　　　　いちばん　いい　ものを　一つ　えらんで　ください。

6　A「うちの　＿＿＿＿　＿＿＿＿　＿★＿　＿＿＿＿よ。」
　　B「あら、うちの　ねこも　そうですよ。」
　　1　ねて　　　　　　2　一日中　　　　　3　います　　　　4　ねこは

▼ 翻譯與詳解請見 P.211

Lesson 06 疑問詞の使用
▶ 疑問詞的使用

date. 1 ／　　　date. 2 ／

・なに、なん
1【問事物】
〖唸作なん〗
〖唸作なに〗
・だれ、どなた
1【問人】
〖客氣－どなた〗
・いつ
1【問時間】
・いくつ
1【問個數】
2【問年齡】
〖お＋いくつ〗

・いくら
1【問價格】
2【問數量】
・どう、いかが
1【問狀況等】
2【勧誘】

・どんな
1【問事物內容】
・どのぐらい、どれぐらい
1【問多久】
・なぜ、どうして
1【問理由】
〖口語－なんで〗
2【問理由】
〖後接のです〗

❷ 問想法、狀態跟原因

❶ 問人事時 → 疑問詞的使用

❸ 疑問詞＋疑問詞＋か／も

・なにも、だれも、どこへも
1【全面否定】
・なにか、だれか、どこか
1【不確定】
2【不確定是誰】
3【不確定是何處】

・疑問詞＋も＋否定
1【全面否定】
2【全面肯定】

grammar 001　なに、なん

類義表現

なに＋か
什麼

接續方法 ▶▶▶ なに、なん＋【助詞】

意　　思 ❶

關鍵字　問事物 ▶▶▶

「何（なに、なん）」代替名稱或情況不瞭解的事物，或用在詢問數字時。一般而言，表示「どんな（もの）」（什麼東西）時，讀作「なに」。中文意思是：「什麼」。如例：

・ 休みの 日は 何を しますか。
　 假日時通常做什麼？

休日？　…

・ 朝ご飯は 何を 食べましたか。
　 早餐吃了什麼呢？

比　　較 ▶▶▶ なに＋か〔什麼〕

「なに、なん」表示問事物。用來代替名稱或未知的事物，也用在詢問數字；「なに＋か（は、が、を）」表示不確定。不確定做什麼動作、有什麼東西、是誰或是什麼。「か」後續的助詞「は、が、を」可以省略。

關鍵字　唸作なん ▶▶▶

表示「いくつ／多少」時讀作「なん」。但是，「何だ」、「何の」一般要讀作「なん」。詢問理由時「何で」也讀作「なん」。如例：

・ 今、何時ですか。
　 現在幾點呢？

詢問道具時的「何で」跟「何に」、「何と」、「何か」兩種讀法都可以，但是「なに」語感較為鄭重，而「なん」語感較為粗魯。如例：

・「何で　行きますか。」「タクシーで　行きましょう。」
「要用什麼方式前往？」「搭計程車去吧！」

grammar 002　だれ、どなた

接續方法 ▶▶▶ だれ、どなた＋【助詞】

意　思 ❶

關鍵字 問人

「だれ」不定稱是詢問人的詞。它相對於第一人稱，第二人稱和第三人稱。中文意思是：「誰」。如例：

・あの　人は　誰ですか。
那個人是誰？

・この　手紙は　誰が　書きましたか。
這封信是誰寫的？

比　較 ▶▶▶ だれ＋か〔某人〕

「だれ」通常只出現在疑問句，用來詢問人物；「だれ＋か」則是代替某個不確定，或沒有特別指定的某人，而且不只能用在疑問句，也可能出現在肯定句等。

關鍵字 客氣－
どなた

「どなた」和「だれ」一樣是不定稱，但是比「だれ」説法還要客氣。中文意思是：「哪位…」。如例：

・あの　方は　どなたですか。→→→→→→
那一位該怎麼稱呼呢？

・これは　どなたの　お荷物(にもつ)ですか。
請問這是哪一位的隨身物品呢？

grammar
003
いつ

Track 1-061
類義表現
いつ＋か
不知什麼時候

接續方法　▶▶▶　いつ＋【疑問的表達方式】

意　　思 ❶

關鍵字 問時間
▶▶▶

表示不肯定的時間或疑問。中文意思是：「何時、幾時」。如例：

・いつ　日本(にほん)へ　行(い)きますか。
什麼時候要去日本呢？

・いつ　先生(せんせい)に　会(あ)いましたか。
什麼時候見過老師的呢？

・あなたの　誕生日(たんじょうび)は　いつですか。
你生日是哪一天呢？

・学校(がっこう)は　いつまで　休(やす)みですか。
學校放假到什麼時候呢？

比　　較　▶▶▶　いつ＋か〔不知什麼時候〕

「いつ」通常只出現在疑問句，用來詢問時間；「いつ＋か」則是代替過去或未來某個不確定的時間，而且不只能用在疑問句，也可能出現在肯定句等。

grammar 004　いくつ

接續方法 ▶▶▶ 【名詞（＋助詞)】＋いくつ

意　　思 ❶

關鍵字　問個數
▶▶▶

表示不確定的個數，只用在問小東西的時候。中文意思是：「幾個、多少」。如例：

・ 卵は　いくつ　ありますか。
　たまご
　蛋有幾顆呢？

・ 新しい　言葉を　いくつ　覚えましたか。
　あたら　　ことば　　　　　おぼ
　已經背下幾個生詞了呢？

比　　較 ▶▶▶ いくら〔多少〕

兩個文法都用來問數字問題，「いくつ」用在問東西的個數，大概就是英文的「how many」，也能用在問人的年齡；「いくら」可以問價格、時間、距離等數量，大概就是英文的「how much」，但不能拿來問年齡。

意　　思 ❷

關鍵字　問年齡
▶▶▶

也可以詢問年齡。中文意思是：「幾歲」。如例：

・「美穂ちゃん、いくつ。」「三つ。」
　　み　ほ　　　　　　　　　　みっ
　「美穗小妹妹，妳幾歲？」「三歲！」

關鍵字　お＋いくつ
▶▶▶

「おいくつ」的「お」是敬語的接頭詞。如例：

・「お母様は　おいくつですか。」「母は　もう　９０
　　かあさま　　　　　　　　　　　　はは　　　　　きゅうじゅう
　です。」
　「請問令堂貴庚呢？」「家母已經高齡九十了。」

grammar 005　いくら

🎧 Track 1-063

📝 類義表現

どの (れ) ぐらい
多 (久) …

接續方法 ▸▸▸ 【名詞（＋助詞）】＋いくら

意　思 ❶

關鍵字　問價格 ▸▸▸

表示不明確的數量，一般較常用在價格上。中文意思是：「多少」。如例：

・ この 　鞄（かばん）は 　いくらですか。
　請問這個包包多少錢呢？

・ 空港（くうこう）まで タクシーで いくら かかりますか。
　請問搭計程車到機場的車資是多少呢？

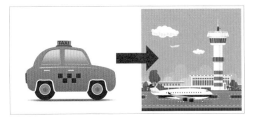

意　思 ❷

關鍵字　問數量 ▸▸▸

表示不明確的數量、程度、工資、時間、距離等。中文意思是：「多少」。如例：

・ 東京（とうきょう）から 　大阪（おおさか）まで 時間（じかん）は 　いくら 　かかりますか。
　從東京到大阪要花多久時間呢？

・ 荷物（にもつ）の 重（おも）さは 　いくら 　ありますか。
　行李的重量是多少呢？

比　　較 ▸▸▸ どの (れ) ぐらい〔多 (久) …〕

「いくら」可以表示詢問各種不明確的數量，但絕大部份用在問價錢，也表示程度；「どの (れ) ぐらい」用在詢問數量及程度。另外，「いくら」表示程度時，不會用在疑問句。譬如，想問對方「你有多喜歡我」，可以説「私（わたし）のこと、どのぐらい好（す）き」，但沒有「私（わたし）のこと、いくら好（す）き」的説法。

grammar 006 どう、いかが

接續方法 ▸▸▸ 【名詞】＋はどう（いかが）ですか

意思❶

關鍵字 **問狀況等**
▸▸▸

「どう」詢問對方的想法及對方的健康狀況，還有不知道情況是如何或該怎麼做等，「いかが」
跟「どう」一樣，只是説法更有禮貌。中文意思是：「怎樣」。如例：

・「旅行は　どうでしたか。」「楽しかったです。」
「旅行玩得愉快嗎？」「非常愉快！」

・「お食事は　いかがでしたか。」「おいしかったです。」
「餐點合您的口味嗎？」「非常好吃。」

・「これは　どうやって　開けますか。」「ここを　押します。」
「這東西該怎麼打開呢？」「把這裡按下去。」

意思❷

關鍵字 **勸誘**
▸▸▸

也表示勸誘。中文意思是：「如何」。如例：

・「コーヒーは　いかがですか。」「いただきます。」
「要不要喝咖啡？」「麻煩您了。」

<u>比　　較</u> ▸▸▸ どんな〔什麼樣的〕

「どう、いかが」主要用在問對方的想法、狀況、事情「怎麼樣」，或是勸勉誘導對方做某事；「どんな」則是詢問人事物是屬於「什麼樣的」的特質或種類。

🎧 Track 1-065

類義表現

どう
如何

<u>接續方法</u> ▸▸▸ どんな＋【名詞】

<u>意　　思</u> ❶

關鍵字｜問事物內容 ▸▸▸

「どんな」後接名詞，用在詢問事物的種類、內容。中文意思是：「什麼樣的」。如例：

・どんな　音楽が　好きですか。
　您喜歡什麼類型的音樂呢？

・女の子は　どんな　服を　着て　いましたか。
　女孩那時穿著什麼樣的衣服呢？

・あなたの　お母さんは　どんな　人ですか。
　請問令堂是什麼樣的人呢？

・どんな　仕事が　したいですか。
　您希望從事什麼樣的工作呢？

<u>比　　較</u> ▸▸▸ どう〔如何〕

「どんな」後接名詞，用在詢問人物或事物的種類、內容、性質；「どう」用在詢問對方對某性質或狀態的想法、意願、意見及對方的健康狀況，還有不知道情況是如何或該怎麼做等。

どのぐらい、どれぐらい

Track 1-066

類義表現

どんな

什麼樣的

接續方法 ▸▸▸ どのぐらい、どれぐらい＋【詢問的內容】

意　思 ❶

 問多久

▸▸▸

表示「多久」之意。但是也可以視句子的內容，翻譯成「多少、多少錢、多長、多遠」等。「ぐらい」也可換成「くらい」。中文意思是：「多（久）…」。如例：

・「駅まで　どのぐらい　ありますか。」「歩いて　５分ですよ。」
　「請問到車站要多久呢？」「走過去五分鐘吧。」

・「どのぐらい　食べますか。」「たくさん　ください。」
　「請問要吃多少份量呢？」「請給我多一些。」

・「日本語は　どれぐらい　できますか。」「日常会話くらいです。」
　「請問您的日語大約是什麼程度呢？」「日常會話還可以。」

・仕事は　あと　どれぐらい　かかりますか。
　工作還要多久才能完成呢？

比　　較 ▸▸▸ どんな〔什麼樣的〕

「どのぐらい、どれぐらい」後接疑問句，用在詢問數量，表示「多久、多少、多少錢、多長、多遠」之意；「どんな」後接名詞，用在詢問人事物的種類、內容、性質或狀態。也用在指示物品是什麼種類。

 なぜ、どうして

Track 1-067

類義表現

どうやって

怎樣（地）

接續方法 ▸▸▸ なぜ、どうして＋【詢問的內容】

意　思 ❶

> 關鍵字
> 問理由

「なぜ」跟「どうして」一樣，都是詢問理由的疑問詞。中文意思是：「原因是…」。如例：

・ 昨日は　なぜ　来なかったんですか。
きのう　　　　　こ
昨天為什麼沒來？

> 關鍵字
> 口語－
> なんで

口語常用「なんで」。如例：

・ なんで　泣いて　いるの。
な
為什麼在哭呢？

意　思 ❷

> 關鍵字
> 問理由

「どうして」表示詢問理由的疑問詞。中文意思是：「為什麼」。如例：

・ どうして　何も　食べないんですか。
なに　　た
為什麼不吃不喝呢？

> 關鍵字
> 後接のです

由於是詢問理由的副詞，因此常跟請求說明的「のだ、のです」一起使用。如例：

・ どうして　この　窓が　開いて　いるのですか。
まど　　あ
這扇窗為什麼是開著的呢？

比　較 ▸▸▸ どうやって〔怎樣（地）〕

「なぜ」跟「どうして」一樣，後接疑問句，都是詢問理由的疑問詞；「どうやって」後接動詞疑問句，是用在詢問做某事的方法、方式的連語。

なにも、だれも、どこへも

Track 1-068

類義表現

疑問詞＋が
作疑問詞的主語

接續方法 ▶▶▶ なにも、だれも、どこへも＋【否定表達方式】

意　思 ❶

關鍵字 **全面否定**
▶▶▶

「も」上接「なに、だれ、どこへ」等疑問詞，下接否定語，表示全面的否定。中文意思是：「也（不）…、都（不）…」。如例：

・この 男の ことは 何も 知りません。
關於那個男人的事我一概不知！

・デパートへ 行きましたが、何も 買いませんでした。
雖然去了一趟百貨公司，但是什麼也沒買。

・時間に なりましたが、まだ 誰も 来ません。
約定的時間已經到了，然而誰也沒來。

・昨日は どこへも 行きませんでした。
昨天哪裡也沒去。

比　較 ▶▶▶ 疑問詞＋が〔作疑問詞的主語〕

「も」上接「なに、だれ、どこへ」等疑問詞，表示全面肯定或否定；「が」表示疑問詞的主語。疑問詞作為主語時，主語後面會接「が」。回答時主語也必須用「が」。

なにか、だれか、どこか

Track 1-069

類義表現

なにも、だれも、どこへも
表示全面否定

接續方法 ▶▶▶ なにか、だれか、どこか＋【不確定事物】

意　思 ❶

關鍵字 **不確定**

▶▶▶

具有不確定，沒辦法具體說清楚之意的「か」，接在疑問詞「なに」的後面，表示不確定。中文意思是：「某些、什麼」。如例：

・「何か　食べますか。」「いいえ、今は　けっこうです。」
　「要不要吃點什麼？」「不了，現在不餓。」
・木の　後ろに　何か　います。
　樹後面躲著什麼東西。

意　思 ❷

關鍵字 **不確定是誰**

▶▶▶

接在「だれ」的後面表示不確定是誰。中文意思是：「某人」。如例：

・誰か　助けて　ください。
　快救救我啊！

意　思 ❸

關鍵字 **不確定是何處**

▶▶▶

接在「どこ」的後面表示不肯定的某處。中文意思是：「去某地方」。如例：

・携帯電話を　どこかに　置いて　きて　しまいました。
　忘記把手機放到哪裡去了。

比　　較 ▶▶▶ なにも、だれも、どこへも〔表示全面否定〕

「か」上接「なに、だれ、どこ」等疑問詞，表示不確定。也就是不確定是誰、是什麼、有沒有東西、做不做動作等；「も」上接「なに、だれ、どこへ」等疑問詞，表示全面肯定或否定。

grammar 012 疑問詞＋も＋否定

接續方法 ▶▶▶ 【疑問詞】＋も＋～ません

意 思 ❶

關鍵字 **全面否定** ▶▶▶

「も」上接疑問詞，下接否定語，表示全面的否定。中文意思是：「也（不）…」。如例：

・この 部屋には 誰も いません。
這個房間裡沒有人。

・朝から 何も 食べて いません。
從早上到現在什麼也沒吃。

意 思 ❷

關鍵字 **全面肯定** ▶▶▶

若想表示全面肯定，則以「疑問詞＋も＋肯定」形式。中文意思是：「無論…都…」。如例：

・木村さんは いつも 忙しいです。
木村小姐總是忙得團團轉。

・この 店の 料理は どれも おいしいです。
這家餐廳的菜每一道都很好吃。

比 較 ▶▶▶ 疑問詞＋か〔…嗎〕

「疑問詞＋も＋否定」上接疑問詞，表示全面的肯定或否定；「疑問詞＋か」上接疑問詞，表示不明確、不肯定，沒有辦法具體説清楚，或沒必要説明的事物。

100

文法知多少？

☞ 請完成以下題目，從選項中，選出正確答案，並完成句子。

▼ 答案詳見右下角

1 明日は（　　）曜日ですか。
　　1. 何　　　　　　　2. 何か

2 クラスの 中で（　　）が 一番 歌が うまいですか。
　　1. 誰か　　　　　　2. 誰

3 （　　）から 日本語を 勉強して いますか。
　　1. いつ　　　　　　2. いつか

4 あそこで（　　）光って います。
　　1. 何が　　　　　　2. 何か

5 この 絵は（　　）描きましたか。
　　1. 誰か　　　　　　2. 誰が

6 （　　）花が 好きですか。
　　1. どんな　　　　　2. どれ

もんだい1 （　　　）に　何を　入れますか。1・2・3・4から　いちばん
　　　　　 いい　ものを　一つ　えらんで　ください。

1 A「あなたは、その　人の　（　　　）　ところが　好きですか。」
　　 B「とても　つよい　ところです。」

　　 1　どこの　　　　　 2　どんな　　　　　 3　どれが　　　　　 4　どこな

2 A「（　　　）飲み物は　ありませんか。」
　　 B「コーヒーが　ありますよ。」
　　 1　何か　　　　　　 2　何でも　　　　　 3　何が　　　　　　 4　どれか

3 机の　上には　（　　　）ありません。
　　 1　何でも　　　　　 2　だれも　　　　　 3　何が　　　　　　 4　何も

4 A「その　シャツは　（　　　）でしたか。」
　　 B「2千円です。」
　　 1　どう　　　　　　 2　いくら　　　　　 3　何　　　　　　　 4　どこ

もんだい2 ＿＿＿★＿＿＿に　入る　ものは　どれですか。1・2・3・4から
　　　　　　 いちばん　いい　ものを　一つ　えらんで　ください。

5 A「昨日は　何時＿＿＿＿　＿＿＿＿　＿★＿　＿＿＿＿か。」
　　 B「9時半です。」
　　 1　家　　　　　　　 2　出ました　　　　 3　を　　　　　　　 4　に

6 （デパートで）
　　 客「ハンカチの　＿＿＿＿　＿＿＿＿　＿★＿　＿＿＿＿か。」
　　 店の人「2かいです。」

　　 1　は　　　　　　　 2　みせ　　　　　　 3　です　　　　　　 4　なんがい

▼ 翻譯與詳解請見 P.212

07 指示詞の使用

▶ 指示詞的使用

date. 1 _____ / _____ date. 2 _____ / _____

・これ、それ、あれ、どれ
  1【事物－近稱】
  2【事物－中稱】
  3【事物－遠稱】
  4【事物－不定稱】

・この、その、あの、どの
  1【連體詞－近稱】
  2【連體詞－中稱】
  3【連體詞－遠稱】
  4【連體詞－不定稱】

❶ 事物指示

❷ 連體指示

指示詞的使用

❸ 場所指示

❹ 方向指示

・ここ、そこ、あそこ、どこ
  1【場所－近稱】
  2【場所－中稱】
  3【場所－遠稱】
  4【場所－不定稱】

・こちら、そちら、あちら、どちら
  1【方向－近稱】
  2【方向－中稱】
  3【方向－遠稱】
  4【方向－不定稱】

grammar 001

これ、それ、あれ、どれ

意思 ❶

關鍵字 **事物－近稱**

這一組是事物指示代名詞。「これ」（這個）指離説話者近的事物。中文意思是：「這個」。如例：

・これは　あなたの　本ですか。
這是你的書嗎？

意思 ❷

關鍵字 **事物－中稱**

「それ」（那個）指離聽話者近的事物。中文意思是：「那個」。如例：

・それは　平野さんの　本です。
那是平野先生的書。

意思 ❸

關鍵字 **事物－遠稱**

「あれ」（那個）指説話者、聽話者範圍以外的事物。中文意思是：「那個」。如例：

・「あれは　何ですか。」「あれは　大使館です。」
「那是什麼地方呢？」「那是大使館。」

意思 ❹

關鍵字 **事物－不定稱**

「どれ」（哪個）表示事物的不確定和疑問。中文意思是：「哪個」。如例：

・「あなたの　鞄は　どれですか。」「その　黒いのです。」
「您的公事包是哪一個？」「黑色的那個。」

比　　較 ▶▶▶ この、その、あの、どの〔這…；那…；那…；哪…〕

「これ、それ、あれ、どれ」用來代替某個事物；「この、その、あの、どの」是指示連體詞，
後面一定要接名詞，才能代替提到的人事物。

grammar
002　**この、その、あの、どの**

🎧 Track 1-072

📝 類義表現

こんな、そんな、あんな、どんな
這樣；那樣；那樣；哪樣

接續方法 ▶▶▶ この、その、あの、どの＋【名詞】

意　　思 ❶

關鍵字 連體詞－
近稱 ▶▶▶

這一組是指示連體詞。連體詞跟事物指示代名詞的不同在，後面必須接名詞。「この」（這…）
指離說話者近的事物。中文意思是：「這…」。如例：

・この　お菓子は　おいしいです。
這種糕餅很好吃。

意　　思 ❷

關鍵字 連體詞－
中稱 ▶▶▶

「その」（那…）指離聽話者近的事物。中文意思是：「那…」。如例：

・その　本を　見せて　ください。
請讓我看那本書。

105

關鍵字 連體詞－遠稱

「あの」（那…）指說話者及聽話者範圍以外的事物。中文意思是：「那…」。如例：

・ あの 建物は 何ですか。
　那棟建築物是什麼？

意 思 ❹

關鍵字 連體詞－不定稱

「どの」（哪…）表示事物的疑問和不確定。中文意思是：「哪…」。如例：

・ どの 席が いいですか。
　該坐在哪裡才好呢？

比 較 ▸▸▸ こんな、そんな、あんな、どんな〔這樣；那樣；那樣；哪樣〕

「この、その、あの、どの」是指示連體詞，後面必須接名詞，指示特定的人事物；「こんな、そんな、あんな、どんな」是連體詞，後面也必須接名詞，表示人事物的狀態或指示人事物的種類。

grammar
003
ここ、そこ、あそこ、どこ

Track 1-073

類義表現

こちら、そちら、あちら、どちら
這邊…；那邊…；那邊…；哪邊…

意 思 ❶

關鍵字 場所－近稱

這一組是場所指示代名詞。「ここ」指離說話者近的場所。中文意思是：「這裡」。如例：

・ どうぞ、ここに 座って ください。
　請坐在這裡。

意 思 ❷

關鍵字 場所－中稱

「そこ」指離聽話者近的場所。中文意思是：「那裡」。如例：

・お皿は　そこに　置いて　ください。
盤子請擺在那邊。

意　思 ❸

關鍵字 場所－遠稱

「あそこ」指離説話者和聽話者都遠的場所。中文意思是：「那裡」。如例：

・出口は　あそこです。
出口在那邊。

意　思 ❹

關鍵字 場所－不定稱

「どこ」表示場所的疑問和不確定。中文意思是：「哪裡」。如例：

・エレベーターは　どこですか。
請問電梯在哪裡？

比　較 ▶▶▶ こちら、そちら、あちら、どちら〔這邊…；那邊…；那邊…；哪邊…〕

「ここ、そこ、あそこ、どこ」跟「こちら、そちら、あちら、どちら」都可以用來指場所、方向及位置，但「こちら、そちら、あちら、どちら」的語氣比較委婉、謹慎。後者還可以指示物品、人物、國家、公司、商店等。

---

grammar
004

こちら、そちら、あちら、どちら

Track 1-074

類義表現

この方、その方、あの方、どの方
這位；那位；那位；哪位

意　思 ❶

關鍵字 方向－近稱

這一組是方向指示代名詞。「こちら」指離説話者近的方向。也可以用來指人，指「這位」。也可以説成「こっち」，只是前面説法比較有禮貌。中文意思是：「這邊、這位」。如例：

・こちらは　田中先生です。
這一位是田中老師。

107

關鍵字 | 方向－中稱

「そちら」指離聽話者近的方向。也可以用來指人，指「那位」。也可以說成「そっち」，只是前面說法比較有禮貌。中文意思是：「那邊、那位」。如例：

・そちらの　椅子に　お座りください。
　　請坐在這張椅子上。

意　思 ❸

關鍵字 | 方向－遠稱

「あちら」指離說話者和聽話者都遠的方向。也可以用來指人，指「那位」。也可以說成「あっち」，只是前面說法比較有禮貌。中文意思是：「那邊、那位」。如例：

・あちらを　ご覧ください。
　　請看一下那邊。

意　思 ❹

關鍵字 | 方向－不定稱

「どちら」表示方向的不確定和疑問。也可以用來指人，指「哪位」。也可以說成「どっち」，只是前面說法比較有禮貌。中文意思是：「哪邊、哪位」。如例：

・お国は　どちらですか。
　　請問您來自哪個國家呢？

比　較 ▶▶▶ この方、その方、あの方、どの方〔這位；那位；那位；哪位〕

「こちら、そちら、あちら、どちら」是方向指示代名詞。也可以用來指人，指第三人稱的「這位」等；「この方、その方、あの方、どの方」是尊敬語，指示特定的人物。也是指第三人稱的人。但「こちら」可以指「我，我們」，「この方」就沒有這個意思。「こちら」等可以接「さま」，「この方」等就不可以。

指示代名詞「こそあど系列」

	事物	連體	場所	方向	程度	方法	範圍
こ	これ 這個	この 這個	ここ 這裡	こちら 這邊	こんな 這樣	こう 這麼	說話者一方
そ	それ 那個	その 那個	そこ 那裡	そちら 那邊	そんな 那樣	そう 這麼	聽話者一方
あ	あれ 那個	あの 那個	あそこ 那裡	あちら 那邊	あんな 那樣	ああ 那麼	說話者、聽話者 以外
ど	どれ 哪個	どの 哪個	どこ 哪裡	どちら 哪邊	どんな 哪樣	どう 怎麼	是哪個不確定

指示代名詞就是指示位置在哪裡囉！有了指示詞，我們就知道說話現場的事物，和說話內容中的事物在什麼位置了。日語的指示詞有下面四個系列：

こ系列—指示離說話者近的事物。

そ系列—指示離聽話者近的事物。

あ系列—指示說話者、聽話者範圍以外的事物。

ど系列—指示範圍不確定的事物。

指說話現場的事物時，如果這一事物離說話者近的就用「こ系列」，離聽話者近的用「そ系列」，在兩者範圍外的用「あ系列」。指示範圍不確定的用「ど系列」。

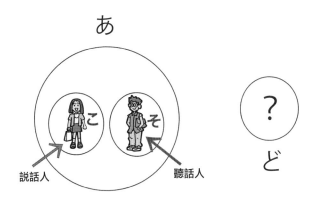

文法知多少？

☞ 請完成以下題目，從選項中，選出正確答案，並完成句子。

▼ 答案詳見右下角

1 私が　買ったのは（　　）です。

　　1. これ　　　　　　2. この

2 （　　）へどうぞ。

　　1. ここ　　　　　　2. こちら

3 （　　）いすは、あなたのですか。

　　1. この　　　　　　2. どこ

4 受付は（　　）ですか。

　　1. どちら　　　　　2. どの

5 （　　）を　ください。

　　1. あれ　　　　　　2. この

6 すみませんが、（　　）を　とって　ください。

　　1. その　　　　　　2. それ

もんだい1 ［ 1 ］ から ［ 5 ］ に 何を 入れますか。文章の 意味を 考え て、1・2・3・4から いちばん いい ものを 一つ えら んで ください。

日本で べんきょうして いる 学生が、「わたしと パソコン」の ぶんし ょうを 書いて、クラスの みんなの 前で 読みました。

わたしは、まいにち 家で パソコンを つかって います。パソコンは、 何かを しらべる ときに とても ［ 1 ］ です。

出かける とき、［ 2 ］ 駅で 電車や 地下鉄に 乗るのかを しらべ たり、店の ばしょを ［ 3 ］ します。

わたしたち 留学生は、日本の まちを あまり ［ 4 ］ ので、パソコ ンが ないと とても ［ 5 ］。

1	1	べんり	2	高い
	3	安い	4	ぬるい

2	1	どこ	2	どの
	3	そこ	4	あの

3	1	しらべる	2	しらべよう
	3	しらべて	4	しらべたり

4	1	しって いる	2	おしえない
	3	しらない	4	あるいて いる

5	1	むずかしいです	2	しずかです
	3	いいです	4	こまります

▼ 翻譯與詳解請見 P.214

形容詞と形容動詞の表現

▶ 形容詞及形容動詞的表現

date. 1 　　　／　　　　date. 2 　　　／

形容詞及形容動詞的表現

❶ 形容詞

- 形容詞（現在肯定／現在否定）
  1【現在肯定】
  2【現在否定】
  3【未來】
- 形容詞（過去肯定／過去否定）
  1【過去肯定】
  2【過去否定】
  〖くなかった〗
- 形容詞く＋て
  1【停頓】
  2【並列】
  3【原因】
- 形容詞く＋動詞
  1【修飾動詞】
- 形容詞＋名詞
  1【修飾名詞】
  2【連體詞修飾名詞】
- 形容詞＋の
  1【修飾の】

❷ 形容動詞

- 形容動詞（現在肯定／現在否定）
  1【現在肯定】
  2【現在否定】
  3【疑問】
  4【未來】
- 形容動詞（過去肯定／過去否定）
  1【過去肯定】
  2【過去否定】
  〖詞幹ではなかった〗
- 形容動詞で
  1【停頓】
  2【並列】
  3【原因】
- 形容動詞に＋動詞
  1【修飾動詞】
- 形容動詞な＋名詞
  1【修飾名詞】
- 形容動詞な＋の
  1【修飾の】

grammar 001 形容詞（現在肯定／現在否定）

Track 1-075

類義表現

形容動詞（現在肯定／現在否定）
說明事物狀態；前項的否定形

意　思 ❶

關鍵字　現在肯定

▶▶▶

【形容詞詞幹】＋い。形容詞是說明客觀事物的性質、狀態或主觀感情、感覺的詞。形容詞的詞尾是「い」，「い」的前面是語幹，因此又稱作「い形容詞」。形容詞現在肯定形，表示事物目前性質、狀態等。如例：

・今年の　夏は　暑いです。⋯⋯⋯⋯▶
　今年夏天很熱。

・この　牛乳は　古いです。
　這瓶牛奶已經過期了。

意　思 ❷

關鍵字　現在否定

▶▶▶

【形容詞詞幹】＋く＋ない（ありません）。形容詞的否定形，是將詞尾「い」轉變成「く」，然後再加上「ない（です）」或「ありません」。如例：

・川の　水は　冷たくないです。
　河水並不冰涼。

意　思 ❸

關鍵字　未來

▶▶▶

現在形也含有未來的意思。如例：

・明日は　暑く　なるでしょう。
　明天有可能會變熱。

形容詞現在肯定式是「形容詞い」，用在對目前事物的性質、狀態進行說明。形容詞現在否定是「形容詞い→形容詞くないです（くありません）」；形容動詞現在肯定式是「形容動詞だ」，用在對目前事物的性質、狀態進行說明。形容動詞現在否定是「形容動詞だ→形容動詞ではない（ではありません）」。

grammar 002　形容詞（過去肯定／過去否定）

📋 類義表現
形容動詞（過去肯定／過去否定）
說明過去的狀態；前項的否定形

意　　思 ❶

關鍵字 **過去肯定** ▸▸▸

【形容詞詞幹】＋かっ＋た。形容詞的過去形，表示說明過去的客觀事物的性質、狀態，以及過去的感覺、感情。形容詞的過去肯定，是將詞尾「い」改成「かっ」再加上「た」，用敬體時「かった」後面要再接「です」。如例：

・ ごちそうさまでした。おいしかったです。
　謝謝招待，非常好吃！
・ 駅は　人が　多かったです。
　當時車站裡滿滿的人潮。

意　　思 ❷

關鍵字 **過去否定** ▸▸▸

【形容詞詞幹】＋く＋ありませんでした。形容詞的過去否定，是將詞尾「い」改成「く」，再加上「ありませんでした」。如例：

・ パーティーは　あまり　楽しく　ありませんでした。
　那場派對不怎麼有意思。

關鍵字 **くなかった** ▸▸▸

【形容詞詞幹】＋く＋なかっ＋た。也可以將現在否定式的「ない」改成「なかっ」，然後加上「た」。如例：

- コーヒーは 甘く なかったです。
  那杯咖啡並不甜。

形容詞過去肯定式是「形容詞い→形容詞かった」，用在對過去事物的性質、狀態進行說明。形容詞過去否定是「形容詞い→形容詞くなかった（くありませんでした）」；形容動詞過去肯定式是「形容動詞だ→形容動詞だった」，用在對過去事物的性質、狀態進行說明。形容動詞過去否定是「形容動詞だ→形容動詞ではなかった（ではありませんでした）」。

Track 1-077

類義表現

形容動詞で
因為…

grammar
003

形容詞く＋て

接續方法 ▸▸▸ 【形容詞詞幹】＋く＋て

意　　思 ❶

關鍵字 停頓

▸▸▸

形容詞詞尾「い」改成「く」，再接上「て」，表示句子還沒說完到此暫時停頓。中文意思是：「…然後」。如例：

- 彼女は 美しくて 髪が 長いです。
  她很美，然後頭髮是長的。

意　　思 ❷

關鍵字 並列

▸▸▸

表示兩種屬性的並列（連接形容詞或形容動詞時）。中文意思是：「又…又…」。如例：

- この 部屋は 広くて 明るいです。
  這個房間既寬敞又明亮。

- 白くて 軽い 靴を 買いました。
  買了雙白色的輕量鞋。

關鍵字 原因

▸▸▸

表示理由、原因之意，但其因果關係比「から」、「ので」還弱。中文意思是：「因為…」。如例：

・この　ラーメンは　辛くて、食べられません。
　這碗拉麵太辣了，我沒辦法吃。

・暑くて、気分が　悪いです。 ────▸
　太熱了，身體不舒服。

比　　較 ▸▸▸ 形容動詞で〔因為…〕

這兩個文法重點是在形容詞與形容動詞的活用變化。簡單整理一下，句子的中間停頓形式是「形容詞詞幹＋くて」、「形容動詞詞幹＋で」（表示句子到此停頓、並列；理由、原因）。請注意，「きれい／漂亮」、「嫌い／討厭」是形容動詞，所以中間停頓形式是「きれいで」、「嫌いで」喔！

grammar
004 形容詞く＋動詞

🎧 Track 1-078

類義表現

形容詞く＋て
又…又…

接續方法 ▸▸▸【形容詞詞幹】＋く＋【動詞】

意　思 ❶

關鍵字 修飾動詞

▸▸▸

形容詞詞尾「い」改成「く」，可以修飾句子裡的動詞，表示狀態。中文意思是：「…地」。如例：

・明日は　早く　起きます。
　明天要早起。

・野菜を　小さく　切ります。 ────▸
　把蔬菜切成細丁。

・ここを　強く　押します。
　請用力按下這裡。

・もう　少し　大きく　書いて　ください。
　請稍微寫大一點。

比　　較 ▸▸▸ 形容詞く＋て〔又…又…〕

形容詞修飾動詞用「形容詞く＋動詞」的形式，表示狀態；「形容詞く＋て」表示並列，也表示原因。

grammar 005 形容詞＋名詞

Track 1-079

類義表現

名詞＋の
…的

接續方法 ▸▸▸ 【形容詞基本形】＋【名詞】

意　　思 ❶

關鍵字　修飾名詞

▸▸▸

形容詞要修飾名詞，就是把名詞直接放在形容詞後面。注意喔！因為日語形容詞本身就有「…的」之意，所以不要再加「の」了喔。中文意思是：「…的…」。如例：

・赤い　鞄を　買いました。
　買了紅色包包。

・熱い　お風呂に　入ります。
　泡熱水澡。

・新しい　友達が　できました。
　交到了新朋友。

比　　較 ▸▸▸ 名詞＋の〔…的〕

「形容詞＋名詞」表示修飾、限定名詞。請注意，形容詞跟名詞中間不需要加「の」喔；「名詞＋の」表示限定、修飾或所屬。

意　　思 ❷

關鍵字　連體詞修飾名詞

▸▸▸

還有一個修飾名詞的連體詞，可以一起記住，連體詞沒有活用，數量不多。N5程度只要記住「この、その、あの、どの、大きな、小さな」這幾個字就可以了。中文意思是：「這…」等。如例：

・公園に　大きな　犬が　います。┈┈┈┈┈┈▸
　公園裡有頭大狗。

grammar 006　形容詞＋の

Track 1-080

類義表現

名詞＋な

接續方法 ▸▸▸ 【形容詞基本形】＋の

意　　思 ❶

關鍵字　修飾の ▸▸▸

形容詞後面接的「の」是一個代替名詞，代替句中前面已出現過，或是無須解釋就明白的名詞。
中文意思是：「…的」。如例：

・お茶は　温かいのを　ください。
　茶請給我熱的。

・私は　冷たいのが　いいです。 ·····················▶
　我想要冰的。

・もう　少し　大きいのは　ありますか。
　請問有稍微大一點的嗎？

・「この　白いのは　何ですか。」「砂糖です。」
　「這種白白的是什麼？」「砂糖。」

比　　較 ▸▸▸ 名詞＋な

「形容詞＋の」這裡的形容詞修飾的「の」表示名詞的代用；「名詞＋な」表示後續部分助詞，
例如「明日は　休みなの／因為明天休息。」

grammar 007　形容動詞（現在肯定／現在否定）

Track 1-081

類義表現

動詞（現在肯定／現在否定）
表達一個動作；前項的否定形

意　　思 ❶

關鍵字　現在肯定 ▸▸▸

【形容動詞詞幹】＋だ；【形容動詞詞幹】＋な＋【名詞】。形容動詞是說明事物性質與狀態等的詞。
形容動詞的詞尾是「だ」，「だ」前面是語幹。後接名詞時，詞尾會變成「な」，所以形容動
詞又稱作「な形容詞」。形容動詞當述語（表示主語狀態等語詞）時，詞尾「だ」改「です」

是敬體說法。如例：

- 吉田さんは　とても　親切です。
  吉田先生非常親切。

意　思 ❷

關鍵字　現在否定

▶▶▶

【形容動詞詞幹】＋で＋は＋ない（ありません）。形容動詞的否定形，是把詞尾「だ」變成「で」，然後中間插入「は」，最後加上「ない」或「ありません」。如例：

- この　仕事は　簡単では　ありません。
  這項工作並不容易。

意　思 ❸

關鍵字　疑問

▶▶▶

【形容動詞詞幹】＋です＋か。詞尾「です」加上「か」就是疑問詞。如例：

- 皆さん、お元気ですか。
  大家好嗎？

意　思 ❹

關鍵字　未來

▶▶▶

現在形也含有未來的意思。如例：

- 鎌倉は　夏に　なると、にぎやかだ。
  鎌倉一到夏天就很熱鬧。
- 今度の　日曜日は　暇です。
  下週日有空。

比　較　▶▶▶　動詞（現在肯定／現在否定）〔表達一個動作；前項的否定形〕

形容動詞現在肯定「形容動詞～です」表示對狀態的說明。形容動詞現在否定是「形容動詞～ではないです／ではありません」；動詞現在肯定「動詞～ます」，表示人或事物現在的存在、動作、行為和作用。動詞現在否定是「動詞～ません」。

119

grammar 008　形容動詞（過去肯定／過去否定）

類義表現

動詞（過去肯定／過去否定）
過去進行或發生的動作；前項的
否定形

意思 ❶

關鍵字　**過去肯定** ▸▸▸

【形容動詞詞幹】＋だっ＋た。形容動詞的過去形，表示說明過去的客觀事物的性質、狀態，以及過去的感覺、感情。形容動詞的過去形是將現在肯定詞尾「だ」變成「だっ」再加上「た」，敬體是將詞尾「だ」改成「でし」再加上「た」。如例：

- 子供の　ころ、電車が　大好きでした。
  我小時候非常喜歡電車。

- 今朝は　電車が　止まって、大変でした。
  今天早上電車停駛，糟糕透了。

意思 ❷

關鍵字　**過去否定** ▸▸▸

【形容動詞詞幹】＋ではありません＋でした。形容動詞過去否定形，是將現在否定的「ではありません」後接「でした」。如例：

- 妹は　小さい　ころ、体が　丈夫では　ありませんでした。
  妹妹小時候身體並不好。

Track 1-083

| 關鍵字 | 詞幹ではなかった |

【形容動詞詞幹】＋では＋なかっ＋た。也可以將現在否定的「ない」改成「なかっ」，再加上「た」。如例：

・村の　生活は、便利では　なかったです。
當時村子裡的生活並不方便。

| 比　　較 ▸▸▸ | 動詞（過去肯定／過去否定）〔過去進行或發生的動作；前項的否定形〕 |

形容動詞過去肯定式是「形容動詞だ→形容動詞だった」，用在對過去事物的性質、狀態進行説明。形容動詞過去否定是「形容動詞だ→形容動詞ではなかった（ではありませんでした）」；動詞過去肯定「動詞〜ました」，表示人或事物過去進行的動作或發生的動作。動詞過去否定是「動詞〜ませんでした」。

| grammar 009 | 形容動詞で |

類義表現
で
因為…

| 接續方法 ▸▸▸ | 【形容動詞詞幹】＋で |

| 意　　思 ❶ |

| 關鍵字 | 停頓 |

形容動詞詞尾「だ」改成「で」，表示句子還沒説完到此暫時停頓。中文意思是：「…然後」。如例：

・ここは　静かで　駅に　遠いです。
這裡很安靜，然後離車站很遠。

| 意　　思 ❷ |

| 關鍵字 | 並列 |

表示兩種屬性的並列（連接形容詞或形容動詞時）之意。中文意思是：「又…又…」。如例：

・この　カメラは　簡単で　便利です。
這款相機操作起來簡單又方便。

121

- 優実さんは　きれいで　すてきな　人です。
  優實小姐是位美麗又迷人的女士。

表示理由、原因之意，但其因果關係比「から」、「ので」還弱。中文意思是：「因為…」。如例：

- あなたの　家は　いつも　にぎやかで、いいですね。……▶
  你家總是熱熱鬧鬧的，好羨慕喔！

- この　仕事は　暇で、つまらないです。
  這種工作讓人閒得發慌，好無聊。

比　較 ▸▸▸ で〔因為…〕

形容動詞詞尾「だ」改成「で」可以表示理由、原因，但因果關係比較弱；「で」前接表示事情的名詞，用那個名詞來表示後項結果的理由、原因。是簡單明白地敘述客觀的原因，因果關係比較單純。

grammar
010 形容動詞に＋動詞

Track 1-084

類義表現

形容詞く＋動詞
修飾動詞

接續方法 ▸▸▸ 【形容動詞詞幹】＋に＋【動詞】

意　思 ❶

關鍵字 修飾動詞

形容動詞詞尾「だ」改成「に」，可以修飾句子裡的動詞。中文意思是：「…得」。如例：

- ピアノが　上手に　弾けました。
  彈奏了美妙的鋼琴。

- 桜が　きれいに　咲きました。·····················▶
  那時櫻花開得美不勝收。

- 兄に　もらった　辞書を　大切に　使います。
  一直很珍惜哥哥給的辭典。

- 生徒たちは　静かに　勉強しています。
  學生們正在安靜地讀書。

形容動詞詞尾「だ」改成「に」，以「形容動詞に＋動詞」的形式，形容動詞後接動詞，可以修飾動詞，表示狀態；形容詞詞尾「い」改成「く」，以「形容詞く＋動詞」的形式，形容詞後接動詞，可以修飾動詞，也表示狀態。

grammar
011

形容動詞な＋名詞

Track 1-085

類義表現

形容詞い＋名詞
…的…

接續方法 ▶▶▶ 【形容動詞詞幹】＋な＋【名詞】

意　　思 ❶

關鍵字 修飾名詞 ▶▶▶

形容動詞要後接名詞，得把詞尾「だ」改成「な」，才可以修飾後面的名詞。中文意思是：「…的…」。如例：

・ここは　有名な　レストランです。
　這裡是知名的餐廳。

・田中さんは　とても　親切な　方です。
　田中小姐待人十分親切。

・いろいろな　国へ　行きたいです。
　我的願望是周遊列國。

・息子は　立派な　大人に　なりました。
　兒子長大後成了一個優秀的人。

形容動詞詞尾「だ」改成「な」以「形容動詞な＋名詞」的形式，形容動詞後接名詞，可以修飾後面的名詞，表示限定；「形容詞い＋名詞」形容詞要修飾名詞，就把名詞直接放在形容詞後面，表示限定。

形容動詞な＋の

接續方法 ▸▸▸ 【形容動詞詞幹】＋な＋の

意　思 ❶

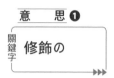

關鍵字 **修飾の**

▸▸▸

形容動詞後面接代替句子的某個名詞「の」時，要將詞尾「だ」變成「な」。中文意思是：「…的」。如例：

・ どうぞ、あなたの　好きなのを　取ってください。
　歡迎取用您喜愛的品項。

・ もっと　きれいなのは　ありますか。
　請問有更好看的嗎？

・ この　中で、有名なのは　どれですか。
　這裡面有名氣的是哪個？

・ いちばん　丈夫なのを　ください。
　請給我最耐用的那種。

丈夫なの

比　　較 ▸▸▸ 形容詞い＋の〔代替前面出現過的某名詞〕

以「形容動詞な＋の」的形式，形容動詞後接代替名詞「の」，可以修飾後面的「の」，表示限定。「の」代替句中前面已出現過的名詞；以「形容詞い＋の」的形式，形容詞後接代替名詞「の」，可以修飾後面的「の」，表示限定。「の」代替句中前面已出現過的名詞。

124

grammar
練習

文法知多少？

☞ 請完成以下題目，從選項中，選出正確答案，並完成句子。

▼ 答案詳見右下角

1 この りんごは （　　） です。

　　1. すっぱいな　　　2. すっぱい

2 今日は 宿題が 多くて （　　）。

　　1. 大変かったです　2. 大変でした

3 山田さんの 指は、（　　） 長いです。

　　1. 細くて　　　　　2. 細いで

4 （　　） 宿題を 出して ください。

　　1. 早く　　　　　2. 早いに

5 あの （　　） 建物は 美術館です。

　　1. 古い　　　　　2. 古いな

6 花子の 財布は あの （　　） のです。

　　1. まるいな　　　2. まるい

答案：（1）2 （2）2 （3）1 （4）1
（5）1 （6）2

もんだい1　（　　）に　何を　入れますか。1・2・3・4から　いちばん　いい　ものを　一つ　えらんで　ください。

1 この　店の　ラーメンは、（　　）　おいしいです。
　　1　やすくて　　　　　　　　　　　　2　やすい
　　3　やすいので　　　　　　　　　　　4　やすければ

2 妹は　（　　）　うたを　うたいます。
　　1　じょうずに　　　　　　　　　　　2　じょうずだ
　　3　じょうずなら　　　　　　　　　　4　じょうずの

3 A「とても　（　　）　夜ですね。」
　　B「そうですね。庭で　虫が　ないて　います。」
　　1　しずかなら　　2　しずかに　　·3　しずかだ　　4　しずかな

もんだい2　＿＿★＿＿に　入る　ものは　どれですか。1・2・3・4から　いちばん　いい　ものを　一つ　えらんで　ください。

4 A「あなたは、日本の　たべもので　どんな　ものが　すきですか。」
　　B「日本の　たべもので　＿＿＿＿　＿＿＿＿　＿＿★＿＿　＿＿＿＿　てんぷらです。」
　　1　は　　　　　　2　すきな　　　　3　わたしが　　4　の

5 この　へやは　とても　＿＿＿＿　＿＿★＿＿　＿＿＿＿　＿＿＿＿ね。
　　1　です　　　　2　て　　　　　3　ひろく　　　4　しずか

6 A「山田さんは　どんな　人ですか。」
　　B「とても　＿＿＿＿　＿＿★＿＿　＿＿＿＿　＿＿＿＿よ。」
　　1　人　　　　　2　です　　　　3　きれいで　　4　たのしい

▼ 翻譯與詳解請見 P.215

Lesson

09 動詞の表現
▶ 動詞的表現

date. 1 ／ date. 2 ／

・動詞＋名詞
 1【修飾名詞】
・動詞＋て
 1【原因】
 2【並列】
 3【動作順序】
 4【方法】
 5【對比】
・動詞＋ています
 1【動作的持續】
・動詞＋ています
 1【動作的反覆】
・動詞＋ています
 1【工作】

・動詞＋ています
 1【狀態的結果】
・動詞＋ないで
 1【附帶】
 2【對比】
・動詞＋なくて
 1【原因】
・動詞＋たり～動詞＋たりします
 1【列舉】
  〖動詞たり〗
 2【反覆】
 3【對比】

・動詞（現在肯定／現在否定）
 1【現在肯定】
 2【現在否定】
 3【未來】
・動詞（過去肯定／過去否定）
 1【過去肯定】
 2【過去否定】
・動詞（基本形）
 1【辭書形】

❷ 動詞後接其他詞

❶ 動詞時態 → 動詞的表現

❸ 自他動詞

・が＋自動詞
 1【無意圖的動作】
・を＋他動詞
 1【有意圖的動作】
  〖他動詞たい等〗

・自動詞＋ています
 1【動作的結果－無意圖】
・他動詞＋てあります
 1【動作的結果－有意圖】

動詞（現在肯定／現在否定）

Track 1-087

類義表現

名詞（現在肯定／現在否定）
是…；不是…

意　思 ❶

現在肯定

▸▸▸

【動詞ます形】＋ます。表示人或事物的存在、動作、行為和作用的詞叫動詞。動詞現在肯定形敬體用「ます」。如例：

・ 電車に　乗ります。　┈┈┈┈┈▶
　搭電車。

・ 窓を　開けます。
　開窗。

意　思 ❷

現在否定

▸▸▸

【動詞ます形】＋ません。動詞現在否定形敬體用「ません」。中文意思是：「沒…、不…」。如例：

・ 今日は　雨なので　散歩しません。
　因為今天有下雨，就不出門散步。

・ 明日は　会社へ　行きません。
　明天不去公司。

意　思 ❸

未來

▸▸▸

現在形也含有未來的意思。如例：

・ 来週　日本に　行く。
　下週去日本。

・ 毎日 牛乳を 飲む。
　まいにち ぎゅうにゅう の
　每天喝牛奶。

<u>比　　較</u> ▶▶▶ <u>名詞（現在肯定／現在否定）</u>〔是…；不是…〕

動詞現在肯定「動詞〜ます」，表示人或事物現在的存在、動作、行為和作用。動詞現在否定
是「動詞〜ません」；名詞現在肯定禮貌體「名〜です」表示事物的名稱。名詞現在否定禮貌
體是「名〜ではないです／ではありません」。

 grammar 002 動詞（過去肯定／過去否定）

 Track 1-088

類義表現

動詞（現在肯定／現在否定）
人或事物的存在等；前項的否定形

意　思 ❶

關鍵字 過去肯定 ▶▶▶

【動詞ます形】＋ました。動詞過去形表示人或事物過去的存在、動作、行為和作用。動詞過去
肯定形敬體用「ました」。中文意思是：「…了」。如例：

・ 子供の 写真を 撮りました。
　こども しゃしん と
　拍了孩子的照片。

・ 今朝 7時に 起きました。
　けさ しちじ お
　今天早上七點起床。

意　思 ❷

關鍵字 過去否定 ▶▶▶

【動詞ます形】＋ませんでした。動詞過去否定形敬體用「ませんでした」。中文意思是：「（過
去）不…」。如例：

・ 今朝は シャワーを 浴びませんでした。
　けさ あ
　今天早上沒沖澡。

・ 昨日は 宿題を しませんでした。
　きのう しゅくだい
　昨天沒寫功課。

動詞過去肯定「動詞～ました」，表示人或事物過去的存在、動作、行為和作用。動詞過去否定是「動詞～ませんでした」；動詞現在肯定「動詞～ます」，表示人或事物現在的存在、動作、行為和作用。動詞現在否定是「動詞～ません」。

動詞（基本形）

Track 1-089

類義表現

動詞～ます
表示尊敬

接續方法 ▸▸▸ 【動詞詞幹】＋動詞詞尾（如：る、く、む、す）

意　　思 ❶

關鍵字

辭書形

▸▸▸

相對於「動詞ます形」，動詞基本形説法比較隨便，一般用在關係跟自己比較親近的人之間。因為辭典上的單字用的都是基本形，所以又叫「辭書形」（又稱為「字典形」）。如例：

- 手紙を　出す。
  寄信。
- 電気を　点ける。
  開燈。
- 公園で　遊ぶ。
  在公園玩耍。
- 喫茶店に　入る。┈┈┈┈┈▶
  進入咖啡廳。

比　　較 ▸▸▸ 動詞～ます〔表示尊敬〕

「動詞基本形」説法比較隨便，一般用在關係跟自己比較親近的人之間。又叫「辭書形」等；相對地，動詞敬體「動詞～ます」，説法尊敬，一般用在對長輩及陌生人之間，又叫「禮貌體」等。

動詞＋名詞

Track 1-090

類義表現

形容詞＋名詞
…的

接續方法 ▸▸▸ 【動詞普通形】＋【名詞】

修飾名詞

動詞的普通形，可以直接修飾名詞。中文意思是：「…的…」。如例：

・ 使った　お皿を　洗います。
　清洗用過的盤子。

・ 借りた　本を　返します。
　歸還借閱的書。

・ 先週　習った　漢字を　忘れました。
　忘了上週學過的漢字。

・ 分からない　ことは　聞いて　ください。
　有不懂的地方請發問。

比　　較 ▶▶▶ 形容詞＋名詞〔…的〕

「動詞＋名詞」動詞的普通形，可以以放在名詞前，用來修飾、限定名詞；「形容詞＋名詞」形容詞的基本形可以放在名詞前，用來修飾、限定名詞。

Track 1-091

類義表現

動詞＋てから
先做…，然後再做…

grammar
005 動詞＋て

接續方法 ▶▶▶ 【動詞て形】＋て

原因

「動詞＋て」可表示原因，但其因果關係比「から」、「ので」還弱。中文意思是：「因為」。如例：

・ たくさん　歩いて、疲れました。
　走了很多路，累了。

131

單純連接前後短句成一個句子，表示並舉了幾個動作或狀態。中文意思是：「又…又…」。如例：

・休日は　音楽を　聞いて、本を　読みます。
きゅうじつ　おんがく　き　ほん　よ
假日會聽聽音樂、看看書。

意　思 ❸
關鍵字

動作順序

用於連接行為動作的短句時，表示這些行為動作一個接著一個，按照時間順序進行。中文意思是：「…然後」。如例：

・薬を　飲んで　寝ます。
くすり　の　ね
吃了藥後睡覺。

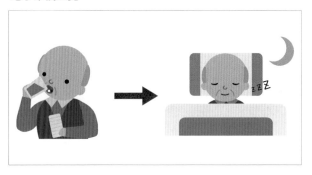

比　　較 ▶▶▶ 動詞＋てから〔先做…，然後再做…〕

「動詞＋て」用於連接行為動作的短句時，　表示這些行為動作一個接著一個，按照時間順序進行，可以連結兩個動作以上；表示對比。用「動詞＋てから」結合兩個句子，表示動作順序，強調先做前項的動作或成立後，再進行後句的動作。

意　思 ❹
關鍵字

方法

表示行為的方法或手段。中文意思是：「用…」。如例：

・新しい　言葉は、書いて　覚えます。
あたら　ことば　か　おぼ
透過抄寫的方式來背誦生詞。

132

意　思 ❺

関鍵字 **對比**

▶▶▶

表示對比。中文意思是：「…而…」。如例：

・ 歩ける 人は 歩いて、歩けない 人は バスに 乗って 行きます。
　走得動的人就步行，走不動的人就搭巴士過去。

grammar 006 動詞＋ています

類義表現

動詞たり、動詞たりします
有時…、有時…

接續方法 ▶▶▶ 【動詞て形】＋います

意　思 ❶

関鍵字 **動作的持續**

▶▶▶

表示動作或事情的持續，也就是動作或事情正在進行中。中文意思是：「正在…」。如例：

・ マリさんは テレビを 見て います。
　瑪麗小姐正在看電視節目。

・ 外で 子供が 泣いて います。
　小孩子正在外面哭。

・ 今朝は 雪が 降って います。
　今天早晨下起雪來。

・ 今、何を して いますか。
　你現在在做什麼呢？

比　較 ▶▶▶ 動詞たり、動詞たりします〔有時…、有時…〕

「動詞＋ています」表示動作的持續。表示眼前或眼下某人、某事的動作正在進行中；「動詞たり、動詞たりします」表示例示幾個動作，同時暗示還有其他動作。也表示動作、狀態的反覆（多為相反或相對的事項），意思是「一會兒…、一會兒…」。

grammar 007　動詞＋ています

接續方法 ▶▶▶ 【動詞て形】＋います

意　　思❶

關鍵字　動作的反覆
▶▶▶

跟表示頻率的「毎日、いつも、よく、時々」等單詞使用，就有習慣做同一動作的意思。中文意思是：「都…」。如例：

・毎朝、公園まで　散歩して　います。
　每天早上都一路散步到公園。

・村上くんは　授業中、いつも　寝て　います。
　村上同學總是在課堂上睡覺。

・李さんは　よく　図書館で　勉強して　います。
　李同學常在圖書館裡用功讀書。

・林さんは　ときどき　部屋で　泣いて　います。
　林小姐有時候會躲在房裡哭泣。

比　　較 ▶▶▶ 動詞＋ています〔做…〕

「動詞＋ています」跟表示頻率的副詞等使用，有習慣做同一動作的意思；「動詞＋ています」接在職業名詞後面，表示現在在做什麼職業。

grammar 008　動詞＋ています

接續方法 ▶▶▶ 【動詞て形】＋います

意　思 ❶

關鍵字 工作

▶▶▶

接在職業名詞後面，表示現在在做什麼職業。也表示某一動作持續到現在，也就是説話的當時。
中文意思是：「做…、是…」。如例：

- 父は　銀行で　働いています。
  爸爸目前在銀行工作。

- 兄は　アメリカで　仕事を　して　います。
  哥哥現在在美國工作。

- 母は　大学で　日本語を　教えて　います。
  媽媽在大學教日文。

- 私は　レストランで　アルバイトを　して　います。
  我在餐廳打工。

比　較　▶▶▶ 動詞＋ています〔著…〕

「動詞＋ています」接在職業名詞後面，表示現在在做什麼職業；「動詞＋ています」也表示
穿戴、打扮或手拿、肩背等狀態保留的樣子。如「ネクタイをしめています／繋著領帶」。

Track 1-095

| grammar 009 | 動詞＋ています |

類義表現

動詞＋ておきます
事先…

接續方法　▶▶▶ 【動詞て形】＋います

意　思 ❶

關鍵字 狀態的結果

▶▶▶

表示某一動作後狀態的結果還持續到現在，也就是説話的當時。中文意思是：「已…了」。如例：

- 窓が　開いて　います。
  窗戶是開著的。

- 電気が　点いて　います。
  燈是亮著的。

- 教室の　壁に　カレンダーが　掛かって　います。┄┄▶
  教室的牆上掛著月曆。

・高橋さんは　赤い　コートを　着て　います。
高橋先生身上穿著紅色的大衣。

比　　較 ▸▸▸ 動詞＋ておきます〔事先…〕

「動詞＋ています」接在瞬間動詞之後，表示人物動作結束後的狀態結果；「動詞＋ておきます」接在意志動詞之後，表示為了某特定的目的，事先做好準備工作。

grammar 010　動詞＋ないで

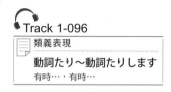

Track 1-096

類義表現

動詞たり〜動詞たりします
有時…，有時…

接續方法 ▸▸▸ 【動詞否定形】＋ないで

意　　思 ❶

關鍵字　附帶
▸▸▸

表示附帶的狀況，也就是同一個動作主體的行為「在不做…的狀態下，做…」的意思。中文意思是：「沒…就…」。如例：

・上着を　着ないで　出掛けます。
我不穿外套，就這樣出門。
・晩ご飯を　食べないで　寝ます。
不吃晚餐，就去睡了。
・何も　買わないで　お店を　出ました。
什麼都沒買就走出了店門。

意　　思 ❷

關鍵字　對比
▸▸▸

用於對比述說兩個事情，表示不是做前項的事，卻是做後項的事，或是發生了後項的事。中文意思是：「沒…反而…、不做…，而做…」。如例：

・この　文を　覚えましたか。では　本を
見ないで　言って　みましょう。
這段句子背下來了嗎？那麼試著不看書默誦看看。

比　　較　▸▸▸　動詞＋たり〜動詞＋たりします〔有時…，有時…〕

「動詞＋ないで」表示對比兩個事情，表示不是做前項，卻是做後項；「動詞＋たり〜動詞＋たりします」用於說明兩種對比的情況。

grammar 011　動詞＋なくて

Track 1-097

類義表現

動詞＋ないで
　　　在不做…的狀態下，做…

接續方法　▸▸▸　【動詞否定形】＋なくて

意　　思❶

關鍵字　**原因**
　　　▸▸▸

表示因果關係。由於無法達成、實現前項的動作，導致後項的發生。中文意思是：「因為沒有…、不…所以…」。如例：

・ 仕事が　終わらなくて　帰れません。
　工作還沒做完，沒辦法回家。

・ 友達が　来なくて、2時間　待ちました。
　朋友遲遲沒來，害我足足等了兩個鐘頭。

・ 山田さんは　仕事を　しなくて　困ります。
　山田先生不願意做事，真傷腦筋。

・ 熱が　下がらなくて、病院に　行きました。
　高燒遲遲沒退，所以去了醫院。

比　　較　▸▸▸　動詞＋ないで〔在不做…的狀態下，做…〕

「動詞＋なくて」表示因果關係。由於無法達成、實現前項的動作，導致後項的發生；「動詞＋ないで」表示附帶的狀況，同一個動作主體沒有做前項，就直接做了後項。

grammar 012 　動詞＋たり～動詞＋たりします

接續方法 ▸▸▸ 【動詞た形】＋り＋【動詞た形】＋り＋する

意　思 ❶

關鍵字 列舉

可表示動作並列，意指從幾個動作之中，例舉出二、三個有代表性的，並暗示還有其他的。中文意思是：「又是…，又是…」。如例：

・休みの　日は、本を　読んだり　映画を　見たり　します。
　假日時會翻一翻書、看一看電影。

關鍵字 動詞たり

表並列用法時，「動詞たり」有時只會出現一次。如例：

・京都では　お寺を　見たり　したいです。
　到京都時想去參觀參觀寺院。

金閣寺

意　思 ❷

關鍵字 反覆

表示動作的反覆實行。中文意思是：「一會兒…，一會兒…」。如例：

・あの　人は　さっきから　学校の　前を　行ったり　来たり　して　いる。
　那個人從剛才就一直在校門口前走來走去的。

比　較 ▸▸▸ 動詞＋ながら〔一邊…一邊…〕

「たり～たり」用在反覆做行為，譬如「歌ったり踊ったり」（又唱歌又跳舞）表示「唱歌→跳舞→唱歌→跳舞→…」，但如果用「ながら」，表示兩個動作是同時進行的。

關鍵字 **對比**

▶▶▶

用於說明兩種對比的情況。中文意思是：「有時…，有時…」。如例：

・佐藤さんは　体が　弱くて、学校に　来たり　来なかったりです。
　佐藤先生身體不好，有時來上個幾天課又請假沒來了。

grammar **013** が＋自動詞

Track 1-099

類義表現

を＋他動詞
表示有目的去做某動作

接續方法　▶▶▶【名詞】＋が＋【自動詞】

意　思 ❶

關鍵字 **無意圖的動作**

▶▶▶

「自動詞」是因為自然等等的力量，沒有人為的意圖而發生的動作。「自動詞」不需要有目的語，就可以表達一個完整的意思。相較於「他動詞」，「自動詞」無動作的涉及對象。相當於英語的「不及物動詞」。如例：

・りんごが　落ちる。
　蘋果掉下來了。

・家の　前に　車が　止まりました。┄┄┄▶
　家門前停了一輛車。

・ドアが　開いた。
　門開了。

・パソコンが　壊れる。
　電腦壞了。

比　較　▶▶▶ を＋他動詞〔表示有目的去做某動作〕

「が＋自動詞」通常是指自然力量所產生的動作，譬如「ドアが閉まりました」（門關了起來）表示門可能因為風吹，而關了起來；「を＋他動詞」是指某人刻意做的動作，譬如「ドアを閉めました」（把門關起來）表示某人基於某個理由，而把門關起來。

 を＋他動詞

類義表現

[通過・移動]＋を＋自動詞
表示經過或移動的場所

接續方法 ▶▶▶ 【名詞】＋を＋【他動詞】

意　思❶

關鍵字 **有意圖的動作**
▶▶▶

名詞後面接「を」來表示動作的目的語，這樣的動詞叫「他動詞」，相當於英語的「及物動詞」。「他動詞」主要是人為的，表示影響、作用直接涉及其他事物的動作。如例：

・それでは、授業を　始めます。
那麼，我們開始上課。

・鍵を　なくしました。
鑰匙遺失了。

關鍵字 **他動詞たい等**
▶▶▶

「たい」、「てください」、「てあります」等句型一起使用。如例：

・今日は　学校を　休みたいです。
今天想請假不去學校。

・ドアを　開けて　ください。
請幫我開門。

比　較 ▶▶▶ [通過・移動]＋を＋自動詞〔表示經過或移動的場所〕

「を＋他動詞」當「を」表示動作對象，後面會接作用力影響到前面對象的他動詞；「[通過・移動]＋を＋自動詞」中的「を」，後接移動意義的自動詞，表示移動、通過的場所。

grammar 015　自動詞＋ています

Track 1-101

類義表現

他動詞＋てあります
…著

接續方法 ▸▸▸ 【自動詞て形】＋います

意　思 ❶

關鍵字　動作的結果 － 無意圖
▸▸▸

表示跟目的、意圖無關的某個動作結果或狀態，還持續到現在。相較於「他動詞＋てあります」強調人為有意做某動作，其結果或狀態持續著，「自動詞＋ています」強調自然、非人為的動作，所產生的結果或狀態持續著。中文意思是：「…著、已…了」。如例：

・ドアが　閉<ruby>閉<rt>し</rt></ruby>まって　います。
　門是關著的。

・<ruby>窓<rt>まど</rt></ruby>に　<ruby>鍵<rt>かぎ</rt></ruby>が　<ruby>掛<rt>か</rt></ruby>かって　います。
　窗戶是上鎖的。

・<ruby>椅子<rt>い す</rt></ruby>の　<ruby>下<rt>した</rt></ruby>に　<ruby>財布<rt>さいふ</rt></ruby>が　<ruby>落<rt>お</rt></ruby>ちて　います。
　有個錢包掉在椅子底下。

・<ruby>冷蔵庫<rt>れいぞう こ</rt></ruby>に　ビールが　<ruby>入<rt>はい</rt></ruby>って　います。
　冰箱裡有啤酒。

比　較 ▸▸▸ 他動詞＋てあります〔…著〕

兩個文法都表示動作所產生結果或狀態持續著，但是含意不同。「自動詞＋ています」主要是用在跟人為意圖無關的動作；「他動詞＋てあります」則是用在某人帶著某個意圖去做的動作。

141

他動詞＋てあります

接續方法 ▸▸▸ 【他動詞て形】＋あります

意　思 ❶

關鍵字 動作的結果
－有意圖
▸▸▸

表示抱著某個目的、有意圖地去執行，當動作結束之後，那一動作的結果還存在的狀態。相較於「ておきます」（事先…）強調為了某目的，先做某動作，「てあります」強調已完成動作的狀態持續到現在。中文意思是：「…著、已…了」。如例：

・ パーティーの　飲み物は　買って　あります。
　 要在派對上喝的飲料已經買了。

・ 肉は　冷蔵庫に　入れて　あります。
　 肉已經放在冰箱裡了。

・ 「コップは　並べましたか。」「はい、もう　並べて　あります。」
　 「杯子擺好了嗎？」「好了，已經擺好了。」

・ 「玄関は　きれいですか。」「はい、掃除して　あります。」
　 「玄關是乾淨的嗎？」「對，已經打掃好了。」

比　較 ▸▸▸ 自動詞＋ています〔已…了〕

「他動詞＋てあります」表示抱著某個目的、有意圖地去執行，當動作結束之後，那一動作的結果還存在的狀態；「自動詞＋ています」表示人物動作結束後的狀態保留。例如：「もう結婚しています／已經結婚了」。

日文小祕方（一）

Basic Japanese Grammar Exercises
to improve your JLPT score

第

09

動詞的表現

　　表示人或事物的存在、動作、行為和作用的詞叫動詞。日語動詞可以分為三大類，有：

分類	ます形		辭書形	中文
一段動詞	上一段動詞	おきます すぎます おちます います	おきる すぎる おちる いる	起來 超過 掉下 在
	下一段動詞	たべます うけます おしえます ねます	たべる うける おしえる ねる	吃 受到 教授 睡覺
五段動詞	かいます かきます はなします およぎます よみます あそびます まちます		かう かく はなす およぐ よむ あそぶ まつ	購買 書寫 說 游泳 閱讀 玩耍 等待
不規則動詞	サ行變格	します	する	做
	カ行變格	きます	くる	來

動詞按形態和變化規律，可以分為 5 種：

1. 上一段動詞

　　動詞的活用詞尾，在五十音圖的「い段」上變化的叫上一段動詞。一般由有動作意義的漢字，後面加兩個平假名構成。最後一個假名為「る」。「る」前面的假名一定在「い段」上。例如：

起きる（おきる）
過ぎる（すぎる）
落ちる（おちる）

143

2. 下一段動詞

動詞的活用詞尾在五十音圖的「え段」上變化的叫下一段動詞。一般由一個有動作意義的漢字，後面加兩個平假名構成。最後一個假名為「る」。「る」前面的假名一定在「え段」上。例如：

食べる（たべる）

受ける（うける）

教える（おしえる）

只是，也有「る」前面不夾進其他假名的。但這個漢字讀音一般也在「い段」或「え段」上。如：

居る（いる）

寝る（ねる）

見る（みる）

3. 五段動詞

動詞的活用詞尾在五十音圖的「あ、い、う、え、お」五段上變化的叫五段動詞。一般由一個或兩個有動作意義的漢字，後面加一個（兩個）平假名構成。

（1）五段動詞的詞尾都是由「う段」假名構成。其中除去「る」以外，凡是「う、く、す、つ、ぬ、ふ、む」結尾的動詞，都是五段動詞。例如：

買う（かう）

書く（かく）

話す（はなす）

（2）「漢字＋る」的動詞一般為五段動詞。也就是漢字後面只加一個「る」，「る」跟漢字之間不夾有任何假名的，95％以上的動詞為五段動詞。例如：

売る（うる）

知る（しる）

帰る（かえる）

（3）個別的五段動詞在漢字與「る」之間又加進一個假名。但這個假名不在「い段」和「え段」上，所以，不是一段動詞，而是五段動詞。例如：

始まる（はじまる）

終わる（おわる）

4.サ行變格

　　サ行變格只有一個詞「する」。活用時詞尾變化都在「サ行」上，稱為サ行變格。另有一些動作性質的名詞或其他品詞＋する構成的複合詞，也稱サ行變格。例如：

　　　　結婚する（けっこんする）

　　　　勉強する（べんきょうする）

5.カ行變格

　　只有一個動詞「来る」。因為詞尾變化在カ行，所以叫做カ行變格，由「く＋る」構成。它的詞幹和詞尾不能分開，也就是「く」既是詞幹，又是詞尾。

MEMO 📝

_____

_____

_____

_____

_____

_____

_____

_____

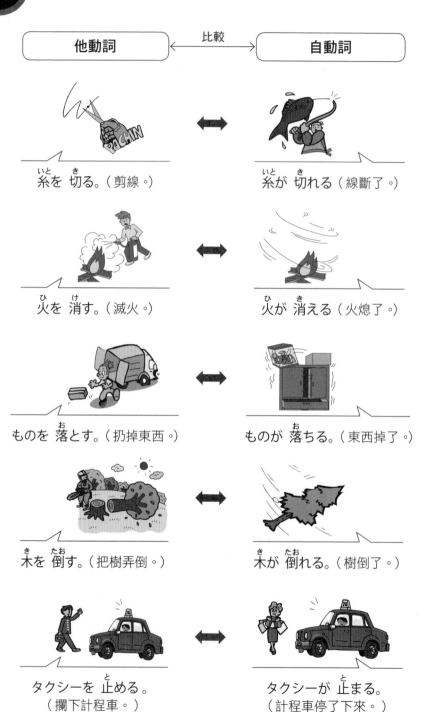

| 他動詞 | 比較 | 自動詞 |

糸を 切る。（剪線。） ⟷ 糸が 切れる（線斷了。）

火を 消す。（滅火。） ⟷ 火が 消える（火熄了。）

ものを 落とす。（扔掉東西。） ⟷ ものが 落ちる。（東西掉了。）

木を 倒す。（把樹弄倒。） ⟷ 木が 倒れる。（樹倒了。）

タクシーを 止める。
（攔下計程車。） ⟷ タクシーが 止まる。
（計程車停了下來。）

動詞「て」形的變化如下：

	辞書形	て形	辞書形	て形
一段動詞	みる おきる きる	みて おきて きて	たべる あげる ねる	たべて あげて ねて
五段動詞	いう あう かう	いって あって かって	あそぶ よぶ とぶ	あそんで よんで とんで
	まつ たつ もつ	まって たって もって	のむ よむ すむ	のんで よんで すんで
	とる うる つくる	とって うって つくって	しぬ	しんで
	*いく	いって	かく きく はたらく	かいて きいて はたらいて
	はなす かす だす	はなして かして だして	およぐ ぬぐ	およいで ぬいで
不規則動詞	する 勉強します	して 勉強して	くる	きて

＊：例外

說明：

1. 一段動詞很簡單只要把結尾的「る」改成「て」就好了。

2. 五段動詞以「う、つ、る」結尾的會發生「っ」促音便。以「む、ぶ、ぬ」結尾的會發生「ん」撥音便。以「く、ぐ」結尾的會發生「い」音便。以「す」結尾的會發生「し」音便。

文法知多少？

☞ 請完成以下題目，從選項中，選出正確答案，並完成句子。

▼ 答案詳見右下角

1 私は 毎朝、新聞を（　　）。

　　1. 読みます　　　　2. 読みました

2 かばんに 教科書を（　　）。（用常體）

　　1. 入れる　　　　2. 入れます

3 （　　）相手は きれいです。

　　1. 結婚する　　　　2. 結婚するの

4 あそこで 犬が（　　）。

　　1. 死にます　　　　2. 死んで います

5 彼女は 今年から、よく 大阪へ（　　）。

　　1. 行きます　　　　2. 行って います

6 かぎを かけ（　　）出かけました。

　　1. ないで　　　　2. なくて

答案：（1）1 （2）1 （3）1 （4）2
（5）2 （6）1

もんだい1 （　　　）に 何を 入れますか。1・2・3・4から いちばん
　　　　　　 いい ものを 一つ えらんで ください。

1 中山「大田さん、その バッグは きれいですね。まえから もって い
　　　　　 ましたか。」
　　　 大田「いえ、先週（　　　）。」
　　　 1　かいます　　　　　　　　　　 2　もって いました
　　　 3　ありました　　　　　　　　　 4　かいました

2 はがきは かって（　　　）ので、どうぞ つかって ください。
　　　 1　やります　　　 2　ください　　　 3　あります　　　 4　おかない

3 夜の そらに 丸い 月が でて（　　　）。
　　　 1　いきます　　　 2　あります　　　 3　みます　　　　 4　います

4 たんじょうびに、おいしい ものを たべ（　　　）のんだり しました。
　　　 1　たり　　　　　 2　て　　　　　　 3　たら　　　　　 4　だり

5 A「赤い 目を して いますね。ゆうべは 何時に 寝ましたか。」
　　　 B「ゆうべは（　　　）勉強しました。」
　　　 1　寝なくて　　　 2　寝たくて　　　 3　寝てより　　　 4　寝ないで

もんだい2 　★　に 入る ものは どれですか。1・2・3・4から
　　　　　　　 いちばん いい ものを 一つ えらんで ください。

6 中山「リンさんは 休みの 日には 何を して いますか。」
　　　 リン「そうですね、たいてい＿＿＿ ＿★＿ ＿＿＿ ＿＿＿。」
　　　 1　います　　　　 2　して　　　　　 3　を　　　　　　 4　ゴルフ

▼ 翻譯與詳解請見 P.216

Lesson 10 要求、授受、助言と勧誘の表現
▶ 要求、授受、提議及勧誘的表現

date. 1 ___ / ___ date. 2 ___ / ___

❶ 要求、授受
・名詞＋をください
  1【請求－物品】
  〚を數量ください〛
・動詞＋てください
  1【請求－動作】
・動詞＋ないでください
  1【請求不要】
  2【婉轉請求】
・動詞＋てくださいませんか
  1【客氣請求】
・をもらいます
  1【授受】

要求、授受、提議及勧誘的表現

❷ 提議、勧誘
・ほうがいい
  1【提議】
  〚否定形－ないほうがいい〛
  2【提出】
・動詞＋ましょうか
  1【提議】
  2【邀約】
・動詞＋ましょう
  1【勧誘】
  2【主張】
  3【倡導】
・動詞＋ませんか
  1【勧誘】

grammar 001　名詞＋をください

Track 1-103

類義表現

動詞＋てください
請…

接續方法 ▸▸▸ 【名詞】＋をください

意　思 ❶

關鍵字　請求－物品
▸▸▸

表示想要什麼的時候，跟某人要求某事物。中文意思是：「我要…、給我…」。如例：

・ すみません、塩を　ください。
　　不好意思，請給我鹽。

・ じゃ、この　白い　花を　ください。
　　那麼，請給我這種白色的花。

關鍵字　を數量くだ
さい
▸▸▸

要加上數量用「名詞＋を＋數量＋ください」的形式，外國人在語順上經常會説成「數量＋の＋名詞＋をください」，雖然不能説是錯的，但日本人一般不這麼説。中文意思是：「給我（數量）…」。如例：

・ コーヒーを　2つ　ください。
　　請給我兩杯咖啡。

・ パンを　もう　少し　ください。
　　請再給我一點麵包。

比　較 ▸▸▸ 動詞＋てください〔請…〕

「をください」表示跟對方要求某物品。也表示請求對方為我（們）做某事；「てください」表示請求對方做某事。

 動詞＋てください

Track 1-104

類義表現

てくださいませんか
能不能請您…

接續方法 ▸▸▸▸ 【動詞て形】＋ください

意　思 ❶

關鍵字 **請求－動作** ▸▸▸

表示請求、指示或命令某人做某事。一般常用在老師對學生、上司對部屬、醫生對病人等指示、命令的時候。中文意思是：「請…」。如例：

・ 起
　きて　ください。┈┈┈┈┈┈┈┈┈┈┈┈▶
　請起來！

・ もう　少
　し　ゆっくり　話
　して　ください。
　請稍微講慢一點。

・ 窓
　を　閉
　めて　ください。
　請關上窗戶。

・ ちょっと　こっちへ　来
　て　ください。
　請過來這邊一下。

比　　較 ▸▸▸▸ てくださいませんか〔能不能請您…〕

「てくださいませんか」表示婉轉地詢問對方是否願意做某事，是比「てください」更禮貌的請求說法。

 動詞＋ないでください

Track 1-105

類義表現

てください
請…

意　思 ❶

關鍵字 **請求不要** ▸▸▸

【動詞否定形】＋ないでください。表示否定的請求命令，請求對方不要做某事。中文意思是：「請不要…」。如例：

・電気を 消さないで ください。
請不要關燈。

・写真を 撮らないで ください。
請不要拍照。

比　　較 ▸▸▸ てください〔請…〕

「ないでください」前面接動詞ない形，是請求對方不要做某事的意思；「てください」前面接動詞て形，是請求對方做某事的意思。

意　　思 ❷

關鍵字 **婉轉請求**

　▸▸▸

【動詞否定形】＋ないでくださいませんか。為更委婉的説法，表示婉轉請求對方不要做某事。中文意思是：「可否請您不要…？」。如例：

・ここに 荷物を 置かないで くださいませんか。
可否請勿將個人物品放置此處？

・そこに 立たないで くださいませんか。
可以請您不要站在那邊嗎？

---

grammar 004　動詞＋てくださいませんか

🎧 Track 1-106

類義表現
動詞＋ないでくださいませんか 請不要…好嗎

接續方法 ▸▸▸ 【動詞て形】＋くださいませんか

意　　思 ❶

關鍵字 **客氣請求**

　▸▸▸

跟「てください」一樣表示請求，但説法更有禮貌。由於請求的內容給對方負擔較大，因此有婉轉地詢問對方是否願意的語氣。也使用於向長輩等上位者請託的時候。中文意思是：「能不能請您…」。如例：

・電話番号を 教えて くださいませんか。
可否請您告訴我您的電話號碼？

・その ペンを 貸して くださいませんか。
那支鋼筆可以借我用嗎？

・ノートを 見せて くださいませんか。
筆記可以借我看嗎？

・また 明日 来て くださいませんか。
您明天能不能再來呢？

比　　較 ▸▸▸ 動詞＋ないでくださいませんか〔請不要…好嗎〕

「てくださいませんか」表示禮貌地請求對方做某事；「ないでくださいませんか」表示禮貌地請求對方不要做某事。

---

grammar 005　をもらいます

Track 1-107

類義表現
をくれる
送給…

接續方法 ▸▸▸ 【名詞】＋をもらいます

意　　思 ❶

關鍵字 **授受**
▸▸▸

表示從某人那裡得到某物。「を」前面是得到的東西。給的人一般用「から」或「に」表示。
中文意思是：「取得、要、得到」。如例：

・父から 時計を もらいました。
爸爸送了錶給我。

・鈴木さんから 古い テレビを もらいました。
從鈴木小姐那裡接收了舊電視機。

・悟くんに 手紙を もらいました。
收到了小悟寄來的信。

・母に 暖かい セーターを もらいました。
媽媽給了件溫暖的毛衣。

比　　較 ▸▸▸ をくれる〔送給…〕

「をもらいます」表示領受，表示人物 A 從人物 B 處，得到某物品；「をくれる」表示給予，表示人物 A 送給我（或我方的人）某物品。

154

grammar 006　ほうがいい

接續方法 ▶▶▶ 【名詞の；形容詞辭書形；形容動詞詞幹な；動詞た形】＋ほうがいい

意　　思 ❶

關鍵字　提議 ▶▶▶

用在向對方提出建議、忠告。有時候前接的動詞雖然是「た形」，但指的卻是以後要做的事。
中文意思是：「我建議最好…、我建議還是…為好」。如例：

・熱が　高いですね。薬を　飲んだ　ほうが　いいです。
　發高燒了耶！還是吃藥比較好喔。

・たくさん　歩きますから、荷物は　軽い　ほうが　いいです。
　因為要走很遠，身上帶的東西愈少愈好。

關鍵字　否定形－ない
　　　　ほうがいい ▶▶▶

否定形為「ないほうがいい」。中文意思是：「最好不要…」。如例：

・あまり　お酒を　飲まない　ほうが　いいですよ。
　還是盡量不要喝酒比較好喔！

意　　思 ❷

關鍵字　提出 ▶▶▶

也用在陳述自己的意見、喜好的時候。中文意思是：「…比較好」。如例：

・休みの　日は、家に　いる　ほうが　いいです。
　我放假天比較喜歡待在家裡。

比　　較 ▶▶▶ てもいい〔…也行〕

因為都有「いい」，乍看兩個文法或許有點像，不過針對對方的行為發表言論時，「ほうがいい」
表示建議對方怎麼做，「てもいい」則是允許對方做某行為。

grammar 007 動詞＋ましょうか

接續方法 ▶▶▶ 【動詞ます形】＋ましょうか

意　思 ❶

關鍵字 提議 ▶▶▶

這個句型有兩個意思，一個是表示提議，想為對方做某件事情並徵求對方同意。中文意思是：「我來（為你）…吧」。如例：

・ 寒いですね。窓を　閉めましょうか。
好冷喔，我們關窗吧！

・ タクシーを　呼びましょうか。
我們攔計程車吧！

意　思 ❷

關鍵字 邀約 ▶▶▶

另一個是表示邀請對方一起做某事，相當於「ましょう」，但是站在對方的立場著想才進行邀約。中文意思是：「我們（一起）…吧」。如例：

・ もう　1時　ですね。何か　食べましょうか。
已經一點了耶，我們來吃點什麼吧！

・ 一緒に　帰りましょうか。
我們一起回家吧！

比　較 ▶▶▶ 動詞＋ませんか〔…你看怎麼樣？〕

「ましょうか」前接動詞ます形，句型有兩個意思，一個是提議，表示想為對方做某件事情並徵求對方同意。一個是表示邀約，有很高成分是替對方考慮的邀約；「ませんか」也是前接動詞ます形，是婉轉地詢問對方的意圖，帶有提議的語氣。

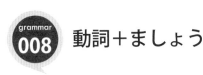

動詞+ましょう

接續方法 ▸▸▸▸ 【動詞ます形】+ましょう

意　思 ❶

關鍵字 **勸誘** ▸▸▸

表示勸誘對方跟自己一起做某事。一般用在做那一行為、動作，事先已經規定好，或已經成為習慣的情況。中文意思是：「做…吧」。如例：

・ちょっと　座（すわ）りましょう。
　稍微坐一下吧！

・また　会（あ）いましょう。
　下次再見個面吧！

意　思 ❷

關鍵字 **主張** ▸▸▸

也用在回答時，表示贊同對方的提議。中文意思是：「就那麼辦吧」。如例：

・ええ、そう　しましょう。
　好呀，再見面吧！

意　思 ❸

關鍵字 **倡導** ▸▸▸

請注意例（4），實質上是在下命令，但以勸誘的方式，讓語感較為婉轉。不用在説話人身上。
中文意思是：「…吧」。如例：

・お年寄（としよ）りには　親切（しんせつ）に　しましょう。
　對待長者要親切喔！

157

「ましょう」前接動詞ます形，表示禮貌地勸誘對方跟自己一起做某事，或勸誘、倡導對方做某事；「なさい」前面也接動詞ます形，表示命令或指示。語氣溫和。用在上位者對下位者下達命令時。

動詞＋ませんか

Track 1-111

類義表現
動詞＋ましょうか
我們（一起）⋯吧

接續方法　▸▸▸　【動詞ます形】＋ませんか

意　　思 ❶

關鍵字　**勸誘**

▸▸▸

表示行為、動作是否要做，在尊敬對方抉擇的情況下，有禮貌地勸誘對方，跟自己一起做某事。中文意思是：「要不要⋯吧」。如例：

・バスで　行きませんか。
　要不要搭巴士去呢？

・ちょっと　お茶を　飲みませんか。
　要不要喝點茶呢？

・公園で　テニスを　しませんか。
　要不要到公園打網球呢？

・一緒に　京都へ　行きませんか。
　要不要一起去京都呢？

比　　較　▸▸▸　動詞＋ましょうか〔我們（一起）⋯吧〕

「ませんか」讀降調，表示在尊敬對方選擇的情況下，婉轉地詢問對方的意願，帶有提議的語氣；「ましょうか」讀降調，表示婉轉地勸誘、邀請對方跟自己一起做某事。用在認為對方會同意自己的提議時。

grammar
練習

文法知多少？

☞ 請完成以下題目，從選項中，選出正確答案，並完成句子。

▼ 答案詳見右下角

1 この 問題を 教え（ 　 ）か。

　1. てください　　　2. てくださいません

2 ここで たばこを 吸わ（ 　 ）。

　1. てください　　　2. ないで ください

3 熱が あるから、寝て いた（ 　 ）ですよ。

　1. ほうがいい　　2. てもいい

4 日曜日、うちに 来（ 　 ）。

　1. ください　　　　2. ませんか

5 2時ごろ 駅で 会い（ 　 ）。

　1. ましょう　　　2. でしょう

6 笑美ちゃんは ゆう太くんから 花を（ 　 ）。

　1. もらいました　2. あげました

答案：(1) 2 (2) 2 (3) 1 (4) 2 (5) 1 (6) 1

もんだい1 （　　　）に　何を　入れますか。1・2・3・4から　いちばん
　　　　　　いい　ものを　一つ　えらんで　ください。

---

1 A「こんど　いっしょに　山に　のぼりませんか。」
　　B「いいですね。いっしょに　（　　　）。」

　　1　のぼるでしょう　　　　　　　　　2　のぼりましょう
　　3　のぼりません　　　　　　　　　　4　のぼって　います

---

2 A「昨日は　誕生日だったので　友達に　花を　（　　　）。これです。」
　　B「きれいな　花ですね。」

　　1　あげました　　　2　もらいました　　　3　ください　　　　4　ほしいです

---

3 A「暑いですね。何か　飲みませんか。」
　　B「そうですね。私は　冷たい　ジュースが　（　　　）。」

　　1　飲みましょう　　　　　　　　　　2　ください
　　3　飲んで　ください　　　　　　　　4　飲みたいです

もんだい2 　★　に　入る　ものは　どれですか。1・2・3・4から
　　　　　　いちばん　いい　ものを　一つ　えらんで　ください。

---

4 （八百屋で）
　　大島「その　＿＿＿　＿★＿　＿＿＿　＿＿＿　ください。」
　　店の人「はい、どうぞ。」

　　1　を　　　　　　2　赤い　　　　　3　5こ　　　　4　りんご

---

5 A「駅は　どこですか。」
　　B「しらないので、交番で　＿＿＿　＿＿＿　＿★＿　＿＿＿ませんか。」

　　1　に　　　　　2　おまわりさん　3　ください　　　4　聞いて

---

6 田中「私は　これを　買います。高橋さんは　どれが　いいですか。」
　　高橋「私は　もっと　ちいさくて　＿＿＿　＿＿＿　＿★＿　＿＿＿です。」

　　1　ほしい　　　2　の　　　　3　かるい　　　4　が

▼ 翻譯與詳解請見 P.218

Lesson 11　希望、意志、原因、比較と程度の表現

▶ 希望、意志、原因、比較及程度的表現

date. 1　　　／　　　　　date. 2　　　／

- 名詞＋がほしい
  1【希望－物品等】
  〔否定－は〕
- 動詞＋たい
  1【希望－行為】
  〔が他動詞たい〕
  〔疑問句〕
  〔否定－たくない〕

- つもり
  1【意志】
  〔否定〕
  〔どうするつもり〕

❶ 希望

❷ 意志

希望、意志、
原因、比較及
程度的表現

❸ 原因

❹ 比較、程度

- から
  1【原因】
- ので
  1【原因】

- は〜より
  1【比較】
- より〜ほう
  1【比較】
- あまり〜ない
  1【程度】
  〔口語－あんまり〕
  〔全面否定－ぜんぜん〜ない〕

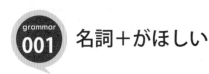

名詞＋がほしい

Track 1-112

類義表現

をください
給我…

接續方法 ▸▸▸ 【名詞】＋が＋ほしい

意　思 ❶

關鍵字 希望－物品等

▸▸▸

表示説話人（第一人稱）想要把什麼有形或無形的東西弄到手，想要把什麼有形或無形的東西變成自己的，希望得到某物的句型。「ほしい」是表示感情的形容詞。希望得到的東西，用「が」來表示。疑問句時表示聽話者的希望。中文意思是：「…想要…」。如例：

・車が　ほしいです。
　想要一輛車。

・もっと　休みが　ほしいです。
　想要休息久一點。

比　　較 ▸▸▸ をください〔給我…〕

兩個文法前面都接名詞，「がほしい」表示説話人想要得到某物；「をください」是有禮貌地跟某人要求某樣東西。

關鍵字 否定－は

▸▸▸

否定的時候較常使用「は」。中文意思是：「不想要…」。如例：

・今、お酒は　ほしく　ないです。
　現在不想喝酒。

・お金は　ほしく　ありません。
　我並不要錢。

動詞＋たい

Track 1-113

類義表現

てほしい
希望你…

Basic Japanese Grammar Exercises
to improve your JLPT score

第

11

希望、意志、原因、比較及程度的表現

接續方法 ▸▸▸ 【動詞ます形】＋たい

意　思 ❶

關鍵字　希望－行為 ▸▸▸

表示說話人（第一人稱）內心希望某一行為能實現，或是強烈的願望。中文意思是：「想要…」。
如例：

・私は　日本語の　先生に　なりたいです。
　我想成為日文教師。

日本語

關鍵字　が他動詞たい ▸▸▸

使用他動詞時，常將原本搭配的助詞「を」，改成助詞「が」。如例：

・私は　この　映画が　見たいです。
　我想看這部電影。

關鍵字　疑問句 ▸▸▸

用於疑問句時，表示聽話者的願望。中文意思是：「想要…呢？」。如例：

・「何が　食べたいですか。」「カレーが　食べたいです。」
　「想吃什麼嗎？」「想吃咖哩。」

163

否定—
たくない

否定時用「たくない」、「たくありません」。中文意思是：「不想…」。如例：

・ まだ 帰_{かえ}りたく ないです。
  還不想回家。

比　　較 ▸▸▸ てほしい〔希望你…〕

「たい」用在説話人內心希望自己能實現某個行為；「てほしい」用在希望別人達成某事，而不是自己。

grammar
003 つもり

Track 1-114

類義表現

（よ）うと思う
我想…

意　　思 ❶

意志

【動詞辭書形】＋つもり。表示打算作某行為的意志。這是事前決定的，不是臨時決定的，而且想做的意志相當堅定。中文意思是：「打算、準備」。如例：

・ 春休_{はるやす}みは 国_{くに}に 帰_{かえ}る つもりです。 ┄┄┄┄▸
  我打算春假時回國。

・ 来年_{らいねん}、彼女_{かのじょ}と 結婚_{けっこん}する つもりです。
  我計畫明年和女友結婚。

否定

【動詞否定形】＋つもり。相反地，表示不打算作某行為的意志。中文意思是：「不打算」。如例：

・ もう 彼_{かれ}には 会_あわない つもりです。
  我不想再和男友見面了。

> 關
> 鍵
> 字
> どうする
> つもり

どうする＋つもり。詢問對方有何打算的時候。中文意思是：「有什麼打算呢」。如例：

・あなたは、この 後 どうする つもりですか。
　你等一下打算做什麼呢？

比　較 ▶▶▶ （よ）うと思う〔我想…〕

兩個文法都表示打算做某事，大部份的情況可以通用。但「つもり」前面要接動詞連體形，而且是有具體計畫、帶有已經準備好的堅定決心，實現的可能性較高；「（よ）うと思う」前面要接動詞意向形，表示説話人當時的意志，但還沒做實際的準備。

Track 1-115

> grammar
> 004 から

> 類義表現
> ので
> 因為…

接續方法 ▶▶▶ 【形容詞・動詞普通形】＋から；【名詞；形容動詞詞幹】＋だから

意　思 ❶

> 關
> 鍵
> 字
> 原因

表示原因、理由。一般用於説話人出於個人主觀理由，進行請求、命令、希望、主張及推測，是種較強烈的意志性表達。中文意思是：「因為…」。如例：

・あの 店は 高いから、行きません。
　那家店太貴了，所以不去。

・よく 寝たから、元気に なりました。
　因為睡得很飽，所以恢復了活力。

・平仮名だから、読めるでしょう。
　這是用平假名寫的，所以應該讀得懂吧？

・歌が 下手だから、歌いたくないです。
　因為歌聲很難聽，所以不想唱。

比　較 ▶▶▶ ので〔因為…〕

兩個文法都表示原因、理由。「から」傾向於用在説話人出於個人主觀理由；「ので」傾向於用在客觀的自然的因果關係。單就文法來説，「から」、「ので」經常能交替使用。

grammar 005　ので

接續方法 ▶▶▶【形容詞・動詞普通形】＋ので；【名詞；形容動詞詞幹】＋なので

意　思 ❶

關鍵字　原因　▶▶▶

表示原因、理由。前句是原因，後句是因此而發生的事。「ので」一般用在客觀的自然的因果關係，所以也容易推測出結果。中文意思是：「因為…」。如例：

・危ないので、下がって　ください。
　請往後退，以免發生危險。

・疲れたので、ちょっと　休みます。
　因為累了，所以休息一下。

・明日は　仕事なので、行けません。
　因為明天還要工作，所以沒辦法去。

・この　本は　大切なので、返して　ください。
　這本書很重要，所以請還給我。

比　較 ▶▶▶ 動詞＋て〔原因〕

「ので」表示原因。一般用在客觀敘述前後項的因果關係，後項大多是發生了的事情。所以句尾不使用命令或意志等句子；「動詞＋て」也表示原因，但因果關係沒有「から」、「ので」那麼強。後面常出現不可能，或「困る／困擾」、「大変だ／麻煩」、「疲れた／疲勞」心理、身體等狀態詞句，句尾不使用讓對方做某事或意志等句子。

grammar 006　は〜より

接續方法 ▶▶▶【名詞】＋は＋【名詞】＋より

意　思 ❶

關鍵字 **比較**

表示對兩件性質相同的事物進行比較後，選擇前者。「より」後接的是性質或狀態。如果兩件事物的差距很大，可以在「より」後面接「ずっと」來表示程度很大。中文意思是：「…比…」。如例：

- 妹(いもうと)は　私(わたし)より　背(せ)が　高(たか)いです。
  妹妹比我高。
- 車(くるま)は　電車(でんしゃ)より　便利(べんり)です。
  開汽車比搭電車來得方便
- 北海道(ほっかいどう)は　九州(きゅうしゅう)より　大(おお)きいです。
  北海道的面積比九州大。
- 林(リン)さんは　洪(ホン)さんより　日本語(にほんご)が　上手(じょうず)です。
  林小姐的日文比洪先生更為流利。

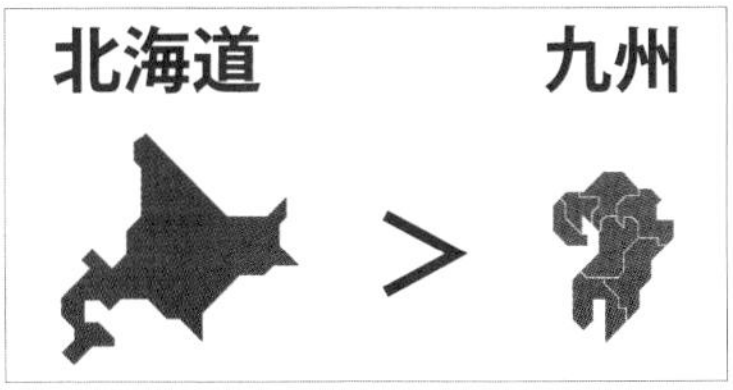

比　較 ▸▸▸▸ より～ほう〔比起…〕

「は～より」表示前者比後者還符合某種性質或狀態；「より～ほう」則表示比較兩件事物後，選擇了「ほう」前面的事物。

grammar 007 より～ほう

Track 1-118

類義表現
は～ほど～ない
…不如…

接續方法 ▸▸▸▸ 【名詞；形容詞・動詞普通形】＋より（も、は）＋【名詞の；形容詞・動詞普通形；形容動詞詞幹な】＋ほう

意　思 ❶

關鍵字 **比較**

表示對兩件事物進行比較後，選擇後者。「ほう」是方面之意，在對兩件事物進行比較後，選擇了「こっちのほう」（這一方）的意思。被選上的用「が」表示。中文意思是：「…比…、比起…，更…」。如例：

- 私(わたし)より　兄(あに)の　ほうが　足(あし)が　速(はや)いです。
  我的腳程比哥哥快。

- 夏<ruby>夏<rt>なつ</rt></ruby>より　冬<ruby>冬<rt>ふゆ</rt></ruby>の　ほうが　好<ruby>好<rt>す</rt></ruby>きです。
  比起夏天，我更喜歡冬天。
- 子供<ruby>子供<rt>こども</rt></ruby>の　名前<ruby>名前<rt>なまえ</rt></ruby>は　難<ruby>難<rt>むずか</rt></ruby>しいより　簡単<ruby>簡単<rt>かんたん</rt></ruby>な　ほう　がいいです。
  孩子的名字，與其用生僻字，還是取常見字比較好。
- お店<ruby>店<rt>みせ</rt></ruby>で　食<ruby>食<rt>た</rt></ruby>べるより　自分<ruby>自分<rt>じぶん</rt></ruby>で　作<ruby>作<rt>つく</rt></ruby>る　ほうが　おいしいです。
  比起在店裡吃的，還是自己煮的比較好吃。

| 比　　較 | ▶▶▶ は〜ほど〜ない〔…不如…〕 |

「より〜ほう」表示比較。比較並凸顯後者，選擇後者。「は〜ほど〜ない」也表示比較。是後接否定，表示比較的基準。一般是比較兩個程度上相差不大的東西，不能用在程度相差懸殊的比較上。

あまり〜ない

Track 1-119

類義表現
疑問詞＋も＋否定
也（不）…

| 接續方法 | ▶▶▶ あまり（あんまり）＋【形容詞・形容動・動詞否定形】＋〜ない |

| 意　　思 ❶ |

關鍵字 **程度**
▶▶▶

「あまり」下接否定的形式，表示程度不特別高，數量不特別多。中文意思是：「不太…」。
如例：

- この　映画<ruby>映画<rt>えいが</rt></ruby>は　あまり　面白<ruby>面白<rt>おもしろ</rt></ruby>く　ありませんでした。
  這部電影不怎麼好看。
- 王<ruby>王<rt>ワン</rt></ruby>さんは　学校<ruby>学校<rt>がっこう</rt></ruby>に　あまり　来<ruby>来<rt>き</rt></ruby>ません。
  王同學很少來上課。

口語－
あんまり

▶▶▶

在口語中常説成「あんまり」。如例：

・ この 店の ラーメンは あんまり おいしくなかったです。
  這家餐館的拉麵不太好吃。

全面否定－
ぜんぜん～ない

▶▶▶

若想表示全面否定可用「全然～ない」。中文意思是：「完全不…」。如例：

・ 勉強しましたが、全然 分からない。
  雖然讀了書，還是一點也不懂。

比　　較 ▶▶▶ 疑問詞＋も＋否定〔也（不）…〕

兩個文法都搭配否定形式，但「あまり～ない」是表示狀態、數量的程度不太大，或動作不常
出現；而「疑問詞＋も＋否定」則表示全面否定，疑問詞代表範圍內的事物。

説明用言（動詞、形容詞、形容動詞）的狀態和程度，屬於獨立詞而沒有活用，主要用來修飾用言的詞叫副詞。

1. 副詞的構成有很多種，這裡著重舉出下列五種：

（1）一般由兩個或兩個以上的平假名構成

　　　ゆっくり（慢慢地）

　　　とても（非常）

　　　よく（好好地，仔細地；常常）

　　　ちょっと（稍微）

（2）由漢字和假名構成

　　　未だ［まだ］（尚未）

　　　先ず［まず］（首先）

　　　既に［すでに］（已經）

（3）由漢字重疊構成

　　　色々［いろいろ］（各種各樣）

　　　青々［あおあお］（綠油油地）

　　　広々［ひろびろ］（廣闊地）

2.以內容分類有：

（1）表示時間、變化、結束

　　　まだ（還）

　　　もう（已經）

　　　すぐに（馬上，立刻）

　　　だんだん（漸漸地）

（2）表示程度

　　　あまり〔～ない〕（〈不〉怎麼…）

　　　すこし（一點兒）

　　　たいへん（非常）

　　　ちょっと（一些）

とても（非常）

ほんとうに（真的）

もっと（更加）

よく（很，非常）

（3）表示推測、判斷

たぶん（大概）

もちろん（當然）

（4）表示數量

ぜんぶ（全部）

おおぜい（許多）

たくさん（很多）

すこし（一點兒）

ちょっと（一點兒）

（5）表示次數、頻繁度

いつも（經常，總是）

たいてい（大多，大抵）

ときどき（偶而）

はじめて（第一次）

また（又，還）

もう一度（再一次）

よく（時常）

（6）表示狀態

ちょうど（剛好）

まっすぐ（直直地）

ゆっくり（慢慢地）

文法知多少？

☞ 請完成以下題目，從選項中，選出正確答案，並完成句子。

▼ 答案詳見右下角

1 いちごを たくさん もらった（　　）、半分 ジャムに します。

　　1. けど　　　　　　　　　　2. ので

2 私は 京都へ（　　）です。

　　1. 行きたい　　　　　　　　2. 行って ほしい

3 可愛い ハンカチ（　　）です。

　　1. がほしい　　　　　　　　2. をください

4 来週 台湾に（　　）です。

　　1. 帰ろうと 思います　　　2. 帰るつもり

5 李さん（　　）森さん（　　）若いです。

　　1. は～より　　　　　　　　2. より～ほう

6 今年の 紅葉は、（　　）きれいでは ないです。

　　1. どれが　　　　　　　　　2. あまり

答案：(1) 2 (2) 1 (3) 2 (4) 1
(5) 1 (6) 2

もんだい1 ┌─1─┐ から ┌─5─┐ に 何を 入れますか。文章の 意味を 考え
て、1・2・3・4から いちばん いい ものを 一つ えら
んで ください。

日本で べんきょうして いる 学生が、「わたしの かぞく」に ついて
ぶんしょうを 書いて、クラスの みんなの 前で 読みました。

　わたしの かぞくは、両親、わたし、妹の 4人です。父は 警官で、
毎日 おそく ┌─1─┐ 仕事を して います。 日曜日も あまり 家に
┌─2─┐。母は、料理が とても じょうずです。母が 作る グラタン
は かぞく みんなが おいしいと 言います。国に 帰ったら、また
母の グラタンを ┌─3─┐です。

　妹が 大きく なったので、母は 近くの スーパーで 仕事を
┌─4─┐。妹は 中学生ですが、小さい ころから ピアノを 習って
いますので、今では わたし ┌─5─┐ じょうずに ひきます。

1

　　1　だけ　　　　2　て　　　　　3　まで　　　　4　から

2

　　1　いません　　2　います　　　3　あります　　4　ありません

3

　　1　食べる　　　2　食べて ほしい　3　食べたい　　4　食べた

4

　　1　やめました　　　　　　　　　2　はじまりました

　　3　やすみました　　　　　　　　4　はじめました

5

　　1　では　　　　2　より　　　　3　でも　　　　4　だけ

173
▼ 翻譯與詳解請見 P.220

Lesson 12 時間の表現
▶ 時間的表現

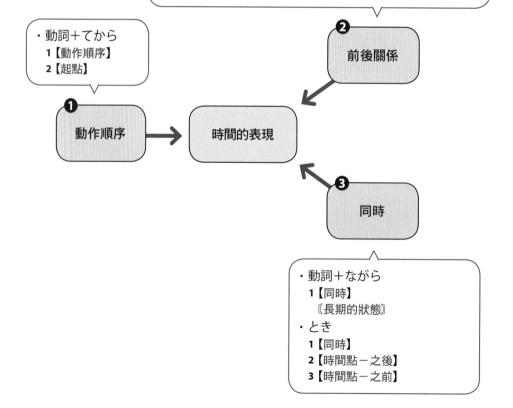

・動詞＋たあとで、動詞＋たあと
　1【前後關係】
　　〖繼續狀態〗
・名詞＋の＋あとで、名詞＋の＋あと
　1【前後關係】
　2【順序】
・動詞＋まえに
　1【前後關係】
　　〖辭書形前に～過去形〗

・名詞＋の＋まえに
　1【前後關係】

❷ 前後關係

・動詞＋てから
　1【動作順序】
　2【起點】

❶ 動作順序 → 時間的表現

❸ 同時

・動詞＋ながら
　1【同時】
　　〖長期的狀態〗
・とき
　1【同時】
　2【時間點－之後】
　3【時間點－之前】

grammar 001 動詞＋てから

類義表現

動詞＋ながら
一邊…一邊…

接續方法 ▸▸▸▸ 【動詞て形】＋から

意　思 ❶

關鍵字 動作順序 ▸▸▸

結合兩個句子，表示動作順序，強調先做前項的動作或前項事態成立，再進行後句的動作。中文意思是：「先做…，然後再做…」。如例：

・手を 洗って から 食べます。
　先洗手再吃東西。
・切符を 買って から 乗って ください。
　請先買票再搭乘。

意　思 ❷

關鍵字 起點 ▸▸▸

表示某動作、持續狀態的起點。中文意思是：「從…」。如例：

・この 仕事を 始めて から、今年で 10年です。
　從事這項工作到今年已經十年了。

10年

・子供が 生まれて から、毎日 忙しいです。
　自從生了孩子以後，每天忙得不可開交。

比　較 ▸▸▸▸ 動詞＋ながら〔一邊…一邊…〕

兩個文法都表示動作的時間，「てから」前面接的是動詞て形，表示先做前項的動作，再做後句的動作。也表示動作、持續狀態的起點；但「ながら」前面接動詞ます形，前後的動作或事態是同時發生的。

002 動詞＋たあとで、動詞＋たあと

類義表現

動詞＋てから

先做…，然後再做…

接續方法 ▸▸▸ 【動詞た形】＋あとで；【動詞た形】＋あと

意　思 ❶

關鍵字 **前後關係**

　　　　▸▸▸

表示前項的動作做完後，做後項的動作。是一種按照時間順序，客觀敘述事情發生經過的表現，而前後兩項動作相隔一定的時間發生。中文意思是：「…以後…」。如例：

・宿題を　した　あとで、ゲームを　します。
　做完功課之後再打電玩。

・ご飯を　食べた　あとで、シャワーを　浴びます。
　先吃完飯再沖澡。

比　　較 ▸▸▸ 動詞＋てから〔先做…，然後再做…〕

兩個文法都可以表示動作的先後，但「たあとで」前面是動詞た形，單純強調時間的先後關係；「てから」前面則是動詞て形，而且前後兩個動作的關連性比較強。另外，要表示某動作的起點時，只能用「てから」。

關鍵字 **繼續狀態**

　　　　▸▸▸

後項如果是前項發生後，而繼續的行為或狀態時，就用「あと」。中文意思是：「…以後」。如例：

・弟は　学校から　帰った　あと、ずっと　部屋で　寝て　います。
　弟弟從學校回家以後，就一直在房裡睡覺。

・お酒を　飲んだ　あと、頭が　痛く　なりました。
　喝完酒以後，頭疼了起來。

176

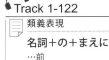

grammar 003　名詞＋の＋あとで、名詞＋の＋あと

Track 1-122

類義表現

名詞＋の＋まえに
…前

第

12

時間的表現

Basic Japanese Grammar Exercises
to improve your JLPT score

接續方法 ▶▶▶ 【名詞】＋の＋あとで；【名詞】＋の＋あと

意　思 ❶

關鍵字 前後關係 ▶▶▶

表示完成前項事情之後，進行後項行為。中文意思是：「…後」。如例：

- パーティーの　あとで、写真を　撮りました。
  派對結束後拍了照片。

- お風呂の　あとで、宿題を　します。
  洗完澡後寫功課。

比　較 ▶▶▶ 名詞＋の＋まえに〔…前〕

兩個文法都表示事情的時間，「のあとで」表示先做前項，再做後項；但「のまえに」表示做前項之前，先做後項。

意　思 ❷

關鍵字 順序 ▶▶▶

只單純表示順序的時候，後面接不接「で」都可以。後接「で」有強調「不是其他時間，而是現在這個時刻」的語感。中文意思是：「…後、…以後」。如例：

- 仕事の　あと、プールへ　行きます。
  下班後要去泳池。

- 食事の　あと、ちょっと　散歩しませんか。
  吃完飯後，要不要散個步呢？

動詞＋まえに

接續方法 ▶▶▶ 【動詞辭書形】＋まえに

意　思 ❶

關鍵字 **前後關係** ▶▶▶

表示動作的順序，也就是做前項動作之前，先做後項的動作。中文意思是：「…之前，先…」。如例：

・寝る前に歯を磨きます。
　睡覺前刷牙。

・家を出る前に話してください。
　離開家門前請先說一聲。

比　較 ▶▶▶ 動詞＋てから〔先做…，然後再做…〕

「まえに」表示動作、行為的先後順序，也就是做前項動作之前，先做後項的動作；「てから」結合兩個句子，也表示表示動作、行為的先後順序，強調先做前項的動作或前項事態成立，再進行後句的動作。

關鍵字 **辭書形前に ～過去形** ▶▶▶

即使句尾動詞是過去形，「まえに」前面還是要接動詞辭書形。如例：

・5時になる前に帰りました。
　還不到五點前回去了。

- サンタクロースが　来る　前に　寝て　しまいました。
在耶誕老公公還沒來之前就睡著了。

名詞＋の＋まえに

Track 1-124

類義表現
までに
在…之前

接續方法 ▸▸▸【名詞】＋の＋まえに

意　思 ❶

關鍵字　前後關係

表示空間上的前面，或做某事之前先進行後項行為。中文意思是：「…前、…的前面」。如例：

- テストの　前に　トイレに　行きます。
考試前先上廁所。
- この　薬は　食事の　前に　飲みます。
這種藥請於餐前服用。
- 授業の　前に　先生の　部屋へ　来て　ください。
上課前請先到老師的辦公室一趟。
- ゲームの　前に　宿題を　しなさい。
打電玩前先寫功課！

比　較 ▸▸▸ までに〔在…之前〕

「名詞＋の＋まえに」表示前後關係。用在表達兩個行為，哪個先實施；「までに」則表示期限。表示動作必須在提示的時間之前完成。

 動詞＋ながら

Track 1-125

類義表現

動詞＋て
動作按時間順序做

接續方法 ▸▸▸▸ 【動詞ます形】＋ながら

意 思 ❶

關鍵字 同時 ▸▸▸

表示同一主體同時進行兩個動作，此時後面的動作是主要的動作，前面的動作為伴隨的次要動作。中文意思是：「一邊…一邊…」。如例：

・テレビを 見ながら、ご飯を 食べます。
邊看電視邊吃飯。

・歩きながら 話しましょう。
我們邊走邊聊吧。

比 較 ▸▸▸ 動詞＋て〔動作按時間順序做〕

「ながら」表示同時進行兩個動作；「動詞＋て」表示行為動作一個接著一個，按照時間順序進行。

關鍵字 長期的狀態 ▸▸▸

也可使用於長時間狀態下，所同時進行的動作。中文意思是：「一面…一面…」。如例：

・大学を 出て から 昼は 銀行で 働きながら、夜は お店で ピアノを 弾いて います。
從大學畢業以後，白天在銀行上班，晚上則在店裡兼差彈奏鋼琴。

・子供を 育てながら、大学で 勉強しました。
想當年我一面養育孩子，一面上在大學念書。

grammar 007　とき

類義表現

動詞＋てから
先做…，然後再做…

意　思 ❶

關鍵字 | **同時**

【名詞＋の；形容動詞＋な；形容詞・動詞普通形】＋とき。表示與此同時並行發生其他的事情。中文意思是：「…的時候」。如例：

・子供の　とき、よく　川で　泳ぎました。
小時候常在河裡游泳。

・寂しいとき、友達に　電話します。 ┄┄┄┄┄▶
寂寞的時候，會打電話給朋友。

意　思 ❷

關鍵字 | **時間點－之後**

【動詞過去形＋とき＋動詞現在形句子】。「とき」前後的動詞時態也可能不同，表示實現前者後，後者才成立。中文意思是：「時候」。如例：

・国に　帰ったとき、いつも　先生の　お宅に　行きます。
回國的時候，總是到老師家拜訪。

意　思 ❸

關鍵字 | **時間點－之前**

【動詞現在形＋とき＋動詞過去形句子】。強調後者比前者早發生。中文意思是：「時、時候」。如例：

・会社を　出るとき、家に　電話しました。
離開公司時，打了電話回家。

比　較 ▶▶▶ 動詞＋てから〔先做…，然後再做…〕

兩個文法都表示動作的時間，「とき」前接動詞時，要用動詞普通形，表示前、後項是同時發生的事，也可能前項比後項早發生或晚發生；但「動詞＋てから」一定是先做前項的動作，再做後句的動作。

grammar
練習

文法知多少？

☞ 請完成以下題目，從選項中，選出正確答案，並完成句子。

▼ 答案詳見右下角

1 私が　テレビを　見て　いる（　　）、友達が　来ました。

　　1. とき　　　　　　2. てから

2 歌を　歌い（　　）、掃除します。

　　1. 前に　　　　　　2. ながら

3 大学を（　　）、もう　10年　たちました。

　　1. 出た　あとで　　2. 出て　から

4 郵便局に（　　）、手紙を　出します。

　　1. 行って　　　　　2. 行って　から

5 （　　）前に、歯を　磨きます。

　　1. 寝る　　　　　　2. 寝た

6 会議が（　　）あとで、資料を　片付けます。

　　1. おわる　　　　　2. おわった

もんだい1 （　　　）に 何を 入れますか。1・2・3・4から いちばん
いい ものを 一つ えらんで ください。

1 夕飯を たべた（　　　） おふろに 入ります。
　　1 まま　　　　　　2 まえに　　　　　3 すぎ　　　　　4 あとで

2 ねる （　　　） はを みがきましょう。
　　1 まえから　　　2 まえに　　　　　3 のまえに　　　4 まえを

3 へやの そうじを して（　　　） 出かけます。
　　1 から　　　　　2 まで　　　　　　3 ので　　　　　4 より

4 あねは ギターを ひき（　　　） うたいます。
　　1 ながら　　　　2 ちゅう　　　　　3 ごろ　　　　　4 たい

もんだい2 ＿＿＿★＿＿＿に 入る ものは どれですか。1・2・3・4から
いちばん いい ものを 一つ えらんで ください。

5 ＿＿＿＿ ＿＿＿＿ ＿★＿ ＿＿＿＿ あそびます。
　　1 して　　　　　2 しゅくだい　　3 を　　　　　　4 から

6 デパートで 買い物を ＿＿＿＿ ＿＿＿＿ ＿★＿ ＿＿＿＿ 見に 行き
ましょう。
　　1 あと　　　　　2 映画　　　　　3 した　　　　　4 を

▼ 翻譯與詳解請見 P.221

Lesson

13 変化と時間の変化の表現

▶ 變化及時間變化的表現

❶ 變化

- ・形容詞く＋なります
  - **1**【變化】
  - 〖人為〗
- ・形容動詞に＋なります
  - **1**【變化】
- ・名詞に＋なります
  - **1**【變化】
  - 〖人為〗
- ・形容詞く＋します
  - **1**【變化】
- ・形容動詞に＋します
  - **1**【變化】
  - **2**【命令】
- ・名詞に＋します
  - **1**【變化】
  - **2**【請求】

變化及時間變化的表現

❷ 時間變化

- ・もう＋肯定
  - **1**【完了】
- ・まだ＋否定
  - **1**【未完】
- ・もう＋否定
  - **1**【否定的狀態】
- ・まだ＋肯定
  - **1**【繼續】
  - **2**【存在】

Track 1-127

類義表現

形容詞く＋します
使變成…

形容詞く＋なります

接續方法 ▸▸▸ 【形容詞詞幹】＋く＋なります

意 思 ❶

關鍵字 變化 ▸▸▸

形容詞後面接「なります」，要把詞尾的「い」變成「く」。表示事物本身產生的自然變化，這種變化並非人為意圖性的施加作用。中文意思是：「變…」。如例：

・ 百合ちゃん、大きく なりましたね。
小百合，妳長這麼大了呀！

・ 暗く なったので、帰りましょう。
天色暗了，我們回去吧。

比 較 ▸▸▸ 形容詞く＋します〔使變成…〕

兩個文法都表示變化，但「なります」的焦點是，事態本身產生的自然變化；而「します」的焦點在於，事態是有人為意圖性所造成的變化。

關鍵字 人為

▸▸▸

即使變化是人為造成的，若重點不在「誰改變的」，也可用此文法。中文意思是：「變得…」。如例：

・ 塩を 入れて、おいしく なりました。
加鹽之後變好吃了。

・ 来年から 税金が 高く なります。 ┈┈┈▸
明年起將調高稅率。

形容動詞に＋なります

Track 1-128

類義表現

名詞に＋なります
變成…

接續方法	▶▶▶ 【形容動詞詞幹】＋に＋なります

意思 ❶

關鍵字 **變化** ▶▶▶

表示事物的變化。如上一單元說的，「なります」的變化不是人為有意圖性的，是在無意識中物體本身產生的自然變化。而即使變化是人為造成的，如果重點不在「誰改變的」，也可用此文法。形容動詞後面接「なります」，要把語尾的「だ」變成「に」。中文意思是：「變成…」。如例：

・「掃除は　終わりましたか。」「はい、きれいに　なりました。」
　「打掃完了嗎？」「是，已經打掃乾淨了。」

・「風邪は　どうですか。」「もう　元気に　なりました。」
　「感冒好了嗎？」「已經康復了。」

・結婚して、料理が　上手に　なりました。
　結婚後，廚藝變高明了。

・駅前は　お店が　できて、賑やかに　なりました。
　車站前新店開幕，變得熱鬧了。

比較	▶▶▶ 名詞に＋なります〔變成…〕

「形容動詞に＋なります」表示變化。表示狀態的自然轉變；「名詞に＋なります」也表示變化。表示事物的自然轉變。

grammar 003　名詞に＋なります

Track 1-129

類義表現

名詞に＋します
讓…變成…

接續方法 ▸▸▸ 【名詞】＋に＋なります

意　思 ❶

關鍵字　變化　▸▸▸

表示在無意識中，事物本身產生的自然變化，這種變化並非人為有意圖性的。中文意思是：「變成…」。如例：

・春に　なりました。
　春天到了。

・今日は　午後から　雨に　なります。
　今天將自午後開始下雨。

・妹は　大学生に　なりました。
　妹妹已經是大學生了。

關鍵字　人為　▸▸▸

即使變化是人為造成的，如果重點不在「誰改變的」，而是狀態自然轉變的，也可用此文法。中文意思是：「成為…」。如例：

・前は　小さな　村でしたが、今は　大きな　町に　なりました。
　以前只是一處小村莊，如今已經成為一座大城鎮了。

比　較 ▸▸▸ 名詞に＋します〔讓…變成…〕

兩個文法都表示變化，但「なります」焦點是事態本身產生的自然變化；而「します」的變化是某人有意圖性去造成的。

187

grammar 004　形容詞く＋します

Track 1-130

類義表現

形容動詞に＋します
使變成…

接續方法 ▶▶▶ 【形容詞詞幹】＋く＋します

意　思 ❶

關鍵字 變化

▶▶▶

表示事物的變化。跟「なります」比較,「なります」的變化不是人為有意圖性的,是在無意識中物體本身產生的自然變化;而「します」是表示人為的有意圖性的施加作用,而產生變化。形容詞後面接「します」,要把詞尾的「い」變成「く」。中文意思是:「使變成…」。如例:

・電気を　つけて、部屋を　明るく　します。
　打開電燈,讓房間變亮。

・スマートフォンの　字を　大きく　します。
　把智慧型手機上的字型調大。

・荷物が　重いですね。もう　少し　軽く　しましょう。
　行李很重吧。把東西拿出來一些。

・コーヒーは　まだですか。はやく　して　ください。
　咖啡還沒沖好嗎?請快一點!

比　較 ▶▶▶ 形容動詞に＋します〔使變成…〕

「形容詞く＋します」表示人為的、有意圖性的使事物產生變化。形容詞後面接「します」,要把詞尾的「い」變成「く」;「形容動詞に＋します」也表示人為的、有意圖性的使事物產生變化。形容動詞後面接「します」,要把詞尾的「だ」變成「に」。

類義表現

形容動詞に＋なります

變成…

grammar 005 形容動詞に＋します

接續方法 ▸▸▸ 【形容動詞詞幹】＋に＋します

意　思 ❶

關鍵字 變化 ▸▸▸

表示事物的變化。如前一單元所説的，「します」是表示人為有意圖性的施加作用，而產生變化。形容動詞後面接「します」，要把詞尾的「だ」變成「に」。中文意思是：「使變成…」。如例：

・ ゴミを　拾って　公園を　きれいに　します。
撿拾垃圾讓公園恢復乾淨。

・ テストの　問題を　もう　少し　簡単に　します。
把考卷上的試題出得稍微簡單一點。

意　思 ❷

關鍵字 命令 ▸▸▸

如為命令語氣為「にしてください」。中文意思是：「讓它變成…」。如例：

・ 静かに　して　ください。
請保持安靜！

・ 体を　大切に　して　ください。
請保重身體。

比　較 ▸▸▸ 形容動詞に＋なります〔變成…〕

「形容動詞に＋します」表示人為地改變某狀態；「形容動詞に＋なります」表示狀態的自然轉變。

名詞に＋します

類義表現
まだ＋肯定
還…

Track 1-132

接續方法 ▸▸▸ 【名詞】＋に＋します

意　　思 ❶

關鍵字　**變化**

表示人為有意圖性的施加作用，而產生變化。中文意思是：「讓…變成…、使其成為…」。如例：

- 森の　木を　切って、公園に　します。
  鋸掉森林的樹木，建成一座公園。
- 2階は、子供部屋に　します。
  二樓設計成兒童房。

意　　思 ❷

關鍵字　**請求**

請求時用「にしてください」。中文意思是：「請使其成為…」。如例：

- 多いので、ご飯を　半分に　して　ください。
  量太多了，請給我半碗飯就好。
- この　お札を　100円玉に　して　ください。
  請把這張鈔票兌換成百圓硬幣。

比　　較 ▸▸▸ まだ＋肯定〔還…〕

「名詞に＋します」表示變化，表示受人為影響而改變某狀態；「まだ＋肯定」表示繼續。表示狀態還存在或動作還是持續著，沒有改變。

もう＋肯定

類義表現
もう＋數量詞
再…

Track 1-133

接續方法 ▸▸▸ もう＋【動詞た形；形容動詞詞幹だ】

關鍵字 完了

和動詞句一起使用，表示行為、事情或狀態到某個時間已經完了。用在疑問句的時候，表示詢問完或沒完。中文意思是：「已經…了」。如例：

・丁さんは　もう　帰りました。
　丁小姐已經回去了。

・もう　5時ですよ。帰りましょう。 ⋯⋯⋯⋯⋯⋯⋯➤
　已經五點了呢，我們回去吧。

・ご飯は　もう　食べましたか。
　吃過飯了嗎？

・「風邪は　どうですか。」「もう　大丈夫です。」
　「感冒好了嗎？」「已經沒事了。」

比　　較 ▶▶▶ もう＋數量詞〔再…〕

「もう＋肯定」讀降調，表示完了。表示某狀態已經出現，某動作已經完成；「もう＋數量詞」表示累加。表示在原來的基礎上，再累加一些數量，或提高一些程度。例如：「もう一杯どう／再來一杯如何」。

Track 1-134

類義表現

しか＋否定
只有…

grammar
008

まだ＋否定

接續方法 ▶▶▶ まだ＋【否定表達方式】

意　思 ❶

關鍵字 未完

表示預定的行為事情或狀態，到現在都還沒進行，或沒有完成。中文意思是：「還（沒有）…」。如例：

・この　言葉は　まだ　習って　いません。
　這個生詞還沒學過。

・孫さんが　まだ　来ません。
　孫先生還沒來。

- 熱は　まだ　下がりません。
  發燒還沒退。

- 私は　まだ　日本に　行ったことが　ありません。
  我還沒去過日本。

比　較 ▸▸▸ しか＋否定〔只有…〕

「まだ＋否定」表示未完。表示某動作或狀態，到現在為止，都還沒進行或發生，或沒有完成。暗示著接下來會做或不久就會完成；「しか＋否定」表示限定。表示對人事物的數量或程度的限定。含有強調數量少、程度輕的心情。

grammar 009　もう＋否定

類義表現
もう＋肯定
已經…了

接續方法 ▸▸▸ もう＋【否定表達方式】

意　思 ❶

關鍵字　**否定的狀態**

「否定」後接否定的表達方式，表示不能繼續某種狀態了。一般多用於感情方面達到相當程度。中文意思是：「已經不…了」。如例：

- お腹が　いっぱいですから、ケーキは　もう　いりません。
  肚子已經吃得很撐了，再也吃不下了蛋糕。
- 銀行に　もう　お金が　ありません。
  銀行存款早就花光了。

- この　仕事は　もう　やりたく　ないです。
  這項工作我已經不想再做下去了。
- あなたの　ことは　もう　好きじゃありません。
  我再也不喜歡你了。

比　較 ▸▸▸ もう＋肯定〔已經…了〕

「もう＋否定」讀降調，表示否定的狀態，也就是不能繼續某種狀態或動作了；「もう＋肯定」讀降調，表示繼續的狀態，也就是某狀態已經出現、某動作已經完成了。

まだ＋肯定

Track 1-136

類義表現

もう＋否定
已經不…了

接續方法 ▶▶▶ まだ＋【肯定表達方式】

意 思 ❶

關鍵字 **繼續**
▶▶▶

表示同樣的狀態，從過去到現在一直持續著。中文意思是：「還…」。如例：

・ もう 4月ですが、まだ 寒いです。
雖然已經是四月了，但還是很冷。

・ 姉は まだ お風呂に 入って います。
姊姊還在洗澡。

・ まだ ゲームを して いるの。はやく 寝なさい。
還在打電玩？快點睡！

比 較 ▶▶▶ もう＋否定〔已經不…了〕

「まだ＋肯定」表示繼續的狀態。表示同樣的狀態，或動作還持續著；「もう＋否定」表示否定的狀態。後接否定的表達方式，表示某種狀態已經不能繼續了，或某動作已經沒有了。

意 思 ❷

關鍵字 **存在**
▶▶▶

表示還留有某些時間或還存在某東西。中文意思是：「還有…」。如例：

・ 時間は まだ たくさん あります。
時間還非常充裕。

193

grammar
練習

文法知多少？

☞ 請完成以下題目，從選項中，選出正確答案，並完成句子。

▼ 答案詳見右下角

1 太郎は　大学生（　　）。

　　1. になりました　　2. にしました

2 テレビの　音を　大き（　　）。

　　1. くなります　　　2. くします

3 日本語が　上手（　　）。

　　1. になりました　　2. にしました

4 愛ちゃんは（　　）帰りましたよ。

　　1. まだ　　　　　　2. もう

5 お客さんが　来るので、部屋と　トイレを（　　）します。

　　1. きれいな　　　　2. きれいに

6 毎日　スポーツを　しましょう。体が（　　）なりますよ。

　　1. じょうぶに　　　2. じょうぶで

STEP 4_ 新日檢擬真模擬試題

もんだい1　　1　から　　5　に　何を　入れますか。文章の　意味を　考えて、1・2・3・4から　いちばん　いい　ものを　一つ　えらんで　ください。

　　日本で　べんきょうして　いる　学生が、「わたしの　町の　店」について　ぶんしょうを　書いて、クラスの　みんなの　前で　読みました。

　　わたしが　日本に　来た　ころ、駅　　1　　アパートへ　行く　道には　小さな　店が　ならんで　いて、八百屋さんや　魚屋さんが　　2　　。

　　　3　　、2か月前　その　小さな　店が　ぜんぶ　なくなって、大きな　スーパーマーケットに　なりました。

　　スーパーには、何　　4　　あって　べんりですが、八百屋や　魚屋の　おじさん　おばさんと　話が　できなく　なったので、　5　　なりました。

1

1　へ　　　　　　2　に　　　　　　3　から　　　　　4　で

2

1　あります　　　2　ありました　　3　います　　　　4　いました

3

1　また　　　　　2　だから　　　　3　では　　　　　4　しかし

4

1　も　　　　　　2　さえ　　　　　3　でも　　　　　4　が

5

1　つまらなく　　2　近く　　　　　3　しずかに　　　4　にぎやかに

▼ 翻譯與詳解請見 P.223

Lesson 14

断定、説明、名称、推測と存在の表現

▶ 斷定、説明、名稱、推測及存在的表現

date. 1 ／ date. 2 ／

・じゃ
 1【では→じゃ】
 2【轉換話題】
・のだ
 1【說明】
 〖口語－んだ〗
 2【主張】

・という＋名詞
 1【稱呼】

❶ 断定、説明

❷ 名称

断定、説明、名称、推測及存在的表現

❸ 推測

❹ 存在

・でしょう
 1【推測】
 〖たぶん～でしょう〗
 2【確認】

・に～があります／います
 1【存在】
 〖有生命－います〗
・は～にあります／います
 1【存在】

STEP 2_ 文法學習

grammar
001 じゃ

接續方法 ▶▶▶ 【名詞；形容動詞詞幹】＋じゃ

意 思 ❶

關鍵字 では→じゃ ▶▶▶

「じゃ」是「では」的縮略形式，也就是縮短音節的形式，一般是用在口語上。多用在跟自己比較親密的人，輕鬆交談的時候。中文意思是：「是…」。如例：

・私は　もう　子供じゃ　ありません。
我已經不是小孩子了！

・全然　暇じゃ　ないよ。
忙到快昏了！

意 思 ❷

關鍵字 轉換話題 ▶▶▶

「じゃ」、「じゃあ」、「では」在文章的開頭時（或逗號的後面），表示「それでは」（那麼，那就）的意思。用在轉換新話題或場面，或表示告了一個段落。中文意思是：「那麼、那」。如例：

・じゃ、また　来週。
那就下週見囉！

・時間ですね。じゃあ、始めましょう。
時間到囉，那麼，我們開始吧！

比 較 ▶▶▶ では〔那麼〕

「じゃ」是「では」的縮略形式，說法輕鬆，一般用在不拘禮節的對話中；在表達恭敬的語感，或講究格式的書面上，大多使用「では」。

 のだ

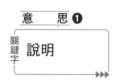

意思 ❶

關鍵字 說明

▶▶▶

【形容詞‧動詞普通形】＋のだ；【名詞；形容動詞詞幹】＋なのだ。表示客觀地對話題的對象、狀況進行說明，或請求對方針對某些理由說明情況，一般用在發生了不尋常的情況，而說話人對此進行說明，或提出問題。中文意思是：「（因為）是…」。如例：

・お腹が　痛い。今朝の　牛乳が　古かったのだ。
　肚子好痛！是今天早上喝的牛奶過期了。

比　　較 ▶▶▶ のです〔禮貌用語〕

「のだ」表示說明。用在說話人對所見所聞，做更詳盡的解釋說明，或請求對方說明事情的原因。「のだ」用在不拘禮節的對話中。「のです」說法有禮，是屬於禮貌用語。

關鍵字 口語ーんだ

▶▶▶

【形容詞動詞普通形】＋んだ；【名詞；形容動詞詞幹】＋なんだ。尊敬的說法是「のです」，口語的說法常將「の」換成「ん」。如例：

・「遅かったですね。」「バスが　来なかったんです。」
　「怎麼還沒來呀？」「巴士遲遲不來啊。」

・すてきな　鞄ですね。どこで　買ったんですか。
　好漂亮的手提包呀！在哪裡買的呢？

意思 ❷

關鍵字 主張

▶▶▶

用於表示說話者強調個人的主張或決心。中文意思是：「…是…的」。如例：

・先生、もう　国へ　帰りたいんです。
　老師，我已經想回國了。

・私が 悪かったんです。本当に すみませんでした。
都怪我不好，真的非常抱歉！

grammar 003　という＋名詞

🎧 Track 1-139

📝 類義表現

名詞＋という
叫…

接續方法 ▸▸▸ 【名詞】＋という＋【名詞】

意　思 ❶

關鍵字 **稱呼** ▸▸▸

表示説明後面這個事物、人或場所的名字。一般是説話人或聽話人一方，或者雙方都不熟悉的事物。詢問「什麼」的時候可以用「何と」。中文意思是：「叫做⋯」。如例：

・あなたの お姉さんは 何と いう 名前ですか。
請問令姐的大名是什麼呢？

・これは 何と いう スポーツですか。
這種運動的名稱是什麼呢？

・これは 小松菜と いう 野菜です。
這是一種名叫小松菜的蔬菜。

・夏休みは 軽井沢と いう ところに 遊びに 行きました。
暑假時去了一處叫做輕井澤的地方玩。

比　較 ▸▸▸ 名詞＋という〔叫…〕

「という＋名詞」表示稱呼。用在説話人或聽話人一方，不熟悉的人事物上；「名詞＋という」表示稱呼。表示人物姓名或物品名稱，例如：「私は 王と 言います／我姓王」。

199

 **でしょう**

接續方法 ▸▸▸ 【名詞；形容動詞詞幹；形容詞・動詞普通形】＋でしょう

意　思 ❶

關鍵字 **推測**
▸▸▸

伴隨降調，表示說話者的推測，說話者不是很確定，不像「です」那麼肯定。中文意思是：「也許…、可能…」。如例：

・明日は　晴れでしょう。 ----------▸
　明天應該是晴天吧。

・夜は　月が　きれいでしょう。
　晚上的月色應該很美吧。

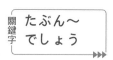

明日天気

關鍵字 **たぶん〜でしょう**
▸▸▸

常跟「たぶん」一起使用。中文意思是：「大概…吧」。如例：

・この　時間は、先生は　たぶん　いないでしょう。
　這個時間，老師大概不在吧。

意　思 ❷

關鍵字 **確認**
▸▸▸

表示向對方確認某件事情，或是徵詢對方的同意。中文意思是：「…對吧」。如例：

・この　お皿を　割ったのは　あなたでしょう。
　打破這個盤子的人是你沒錯吧？

比　較 ▸▸▸ です〔是…〕

「でしょう」讀降調，表示推測。也表示跟對方確認，並要求證實的意思；「です」表示斷定。是以禮貌的語氣對事物等進行斷定、肯定，或對狀態進行說明，例如「今日は 暑いです／今天很熱」。

grammar 005　に〜があります／います

類義表現

は〜にあります／います
…在…

接續方法 ▸▸▸ 【名詞】＋に＋【名詞】＋があります／います

意　　思 ❶

關鍵字　**存在**

▸▸▸

表某處存在某物或人，也就是無生命事物，及有生命的人或動物的存在場所，用「（場所）に（物）があります、（人）がいます」。表示事物存在的動詞有「あります／います」，無生命的事物或自己無法動的植物用「あります」。中文意思是：「…有…」。如例：

- 駅前（えきまえ）に　銀行（ぎんこう）が　あります。
  車站前有家銀行。

- テーブルの　上（うえ）に　花瓶（かびん）が　あります。
  桌上擺著花瓶。

關鍵字　**有生命－ います**

▸▸▸

「います」用在有生命的，自己可以動作的人或動物。如例：

- 公園（こうえん）に　子供（こども）が　います。
  公園裡有小朋友。

- あそこに　猫（ねこ）が　います。
  那裡有貓。

比　　較 ▸▸▸ は〜にあります／います〔…在…〕

兩個都是表示存在的句型，「に〜があります／います」重點是某處「有什麼」，通常用在傳達新資訊給聽話者時，「が」前面的人事物是聽話者原本不知道的新資訊；「は〜にあります／います」則表示某個東西「在哪裡」，「は」前面的人事物是談話的主題，通常聽話者也知道的人事物，而「に」前面的場所則是聽話者原本不知道的新資訊。

Track 1-142

類義表現

場所＋に

在…

grammar 006 は～にあります／います

接續方法 ▸▸▸ 【名詞】＋は＋【名詞】＋にあります／います

意　思 ❶

關鍵字 存在

▸▸▸

表示某物或人，存在某場所用「（物）は（場所）にあります／（人）は（場所）にいます」。

中文意思是：「…在…」。如例：

・携帯電話は　鞄の　中に　あります。
　手機放在包包裡。

・エレベーターは　どこに　ありますか。
　請問電梯在哪裡呢？

・私の　父は　台北に　います。
　我爸爸在台北。

・猫は　椅子の　上に　います。
　貓在椅子上。

比　較 ▸▸▸ 場所＋に〔在…〕

「は～にあります／います」表示存在。表示人或動物的存在；「場所＋に」表示場所。表示
人物、動物、物品存在的場所。

文法知多少？

☞ 請完成以下題目，從選項中，選出正確答案，並完成句子。

▼ 答案詳見右下角

1 机の 上（　　）辞書（　　）。

　　1．に～があります　2．は～にあります

2 あれは　フジ（　　）花です。

　　1．と　　　　　　　　2．という

3 スマホは　どこに（　　）か。

　　1．います　　　　　2．あります

4 明日は　雨が　降る（　　）。

　　1．でしょう　　　　2．です

5 公園に　犬が　２匹（　　）。

　　1．あります　　　　2．います

6 鈴木さんは　たぶん（　　）。

　　1．来ないでしょう　2．来るでしょう

もんだい1 　1　 から 　5　 に 何を 入れますか。文章の 意味を 考えて、1・2・3・4から いちばん いい ものを 一つ えらんで ください。

日本で べんきょうして いる 学生が、「日曜日に 何を するか」について、クラスの みんなに 話しました。

わたしは、日曜日は いつも 朝 早く おきます。へや 　1　 そうじや せんたくが おわってから、近くの こうえんを さんぽします。こうえんは、とても 　2　 、大きな 木が 何本も 　3　 。きれいな 花も たくさん さいて います。

ごごは、としょかんに 行きます。そこで、3時間ぐらい ざっしを 読んだり、べんきょうを 　4　 します。としょかんから 帰る ときに 夕飯の やさいや 肉を 買います。夕飯は テレビを 　5　 、一人で ゆっくり 食べます。

夜は、2時間ぐらい べんきょうを して、早く ねます。

1

1 や 　　　　2 の 　　　　3 を 　　　　4 に

2

1 ひろくで 　　2 ひろいで 　　3 ひろい 　　4 ひろくて

3

1 います 　　　2 いります 　　3 あるます 　　4 あります

4

1 したり 　　　2 して 　　　　3 しないで 　　4 また

5

1 見たり 　　　2 見ても 　　　3 見ながら 　　4 見に

答案&解題

[　　こたえ　＆　かいとうヒント　]

│ 01 格助詞的使用（一）

問題 1

＊1. 答案 3

> 天氣很熱，所以戴上了帽子。
> 1に　　　2で　　　3を　　　4が

▲ 表示動作作用的對象（帽子），用「を」。例：
・音楽を聞きます。
　聽音樂。
・何を飲みますか。
　要喝點什麼嗎？

※ 記住這些動詞吧！
　服、シャツ→（〜を）きます
　穿→衣服、襯衫。
　ズボン、くつ→（〜を）はきます
　穿→褲子、鞋子。
　ぼうし→（〜を）かぶります
　戴→帽子。
　めがね→（〜を）かけます
　戴→眼鏡。

＊2. 答案 3

> A「昨天我對你說過的事還記得嗎？」
> B「是的，我記得很清楚。」
> 1は　　　2に　　　3が　　　4へ

▲ 説明或修飾名詞的句子。基本句為以下 a 和
b 兩個句子。
　a 「きのう、わたしはあなたに（○○と）言
　　いました。」
　　「昨天我告訴過你（○○）了。」
　b 「（あなたは）aを覚えていますか。」
　　「（你）不記得a了嗎？」

▲ 整合 ab 兩句就會變成→
　c（あなたは）{きのう、わたしがあなたに
　　言ったこと}を覚えていますか。
　　（你）記得 {昨天告訴過你的話} 嗎？

▲ 這時候，「が」就成為修飾句中的小主語，
・わたしは→わたしが
・言いました→言った

▲ 請注意這幾點變化。例：
・A母はケーキを作りました。
　媽媽做了蛋糕。
　B これはケーキです。
　這是蛋糕。
→C これは {母が作った} ケーキです。
　這是 {媽媽做的} 蛋糕。

※ 説明名詞的方法有以下幾種。例：
「どんなケーキ。」
「是什麼樣的蛋糕呢？」
・わたしのケーキ
　我的蛋糕
・おいしいケーキ
　好吃的蛋糕
・りんごのケーキ
　蘋果口味的蛋糕
・わたしが（の）好きなケーキ
　我喜歡的蛋糕
・母が作ったケーキ
　媽媽做的蛋糕
・店で買ったケーキ
　在店裡買的蛋糕

＊3. 答案 2

> 學生正在大學前面的路上行走。
> 1や　　　2を　　　3が　　　4に

▲「（場所）を歩きます。／在（場所）行走」

205

中，表示行走的場所（範圍跟路徑）的助詞用「を」。題目中「学生が、大学の前の道（　）歩いています」，而「大学の前の道」＝場所（範圍跟路徑），所以用「を」。

▲ 如果問題是「学生が大学の前の道（　）います。」，則要用表示存在場所的「に」。

▲ 「を」表示路徑的例子：
・道を歩きます。
在街道行走。（行走的場所是街道）
・公園を散歩します。
在公園散步。（散步的場所是公園）
・橋を渡ります。
過橋。（過的是橋）
・あの角を右へ曲がります。
在那個轉角處右轉。（轉彎的地方是那個轉角）

※ 請注意要正確使用「（場所）に」和「（場所）で」。例：
・道に犬がいます。
路上有狗。（表示存在的場所）
・公園でテニスをします。
在公園打網球。（表示動作的場所）

問題2
＊4. 答案 4

A「下星期要不要去參加派對呢？」
B「好，我想去。」
1ません　　　　　2に
3パーティー　　　4行き

▲ 正確語順：らいしゅう　パーティー　に　行き　ません　か。

▲ 當要邀請別人去某地時，可用「に行きませんか／要不要去…呢」或是「に行きましょう／一起去…吧」。本題的句尾是「か／呢」，所以應該是「行きませんか。」至於前面應該依序填入「パーティー／派對」和「に」。所以正確的順序是「3→2→4→1」，而_★_的部分應填入選項4「行き／去」。

＊5. 答案 2

A「你家附近有公園嗎？」
B「有，有一座非常大的公園。」
1家の　　2の　　3あなた　　4近くに

▲ 正確語順：あなた　の　家の　近くに　公園は　ありますか。

▲ 「近くに／附近」的「に」是表示公園的所在位置，所以應填在「公園は／公園」之前。至於哪裡的附近，就在「あなたの家の／你家」附近。如此一來，正確的順序是「3→2→1→4」，而_★_的部分應填入選項2「の」。

＊6. 答案 2

A「今天早上是幾點起床的呢？」
B「七點半。」
1おき　　2に　　3なんじ　　4ました

▲ 正確語順：けさは　なんじ　に　おき　ました　か。

▲ 當詢問做某事的時間點，要用「なんじに～しましたか。／是在幾點做了…呢？」的句型。因此「けさは／今天早上」之後應接「なんじに／是在幾點」。而「か」之前應填入「ました／了」，若前面再加入「おき／起床」，連接起來就是「けさはなんじにおきましたか。／今天早上幾點起床呢？」。換句話説，正確順序是「3→2→1→4」，而_★_的部分應填入選項2「に」。

02 格助詞的使用（二）

問題1
＊1. 答案 4

（在）門的前面看到了一隻可愛的狗。
1は　　2が　　3へ　　4で

▲ 動作（見ました／看到了）發生的場所（門の前／門前）用「で」表示。例：

・喫茶店でコーヒーを飲みます。
在咖啡廳喝咖啡。

・部屋の中で遊びましょう。
在房間裡玩耍。

※ 請小心不要跟表示存在的場所或目的地的「に」搞混了！例：

・喫茶店に友達がいます。
朋友在咖啡廳（存在的場所）。

・喫茶店に行きましょう。
去咖啡廳（目的地）吧！

■文法總整理〜「で」

▲ 動作發生的場所。例：

・部屋で音楽を聞きます。
在房間聽音樂。

▲ 方法、手段。例：

・はさみで紙を切ります。
（道具）用剪刀剪紙。

・インターネットでことばを調べます。
（方法）用網路查詢詞彙。

・電車で学校へ行きます。
（使用的交通工具）搭電車去學校。

・家から学校まで、電車で30分かかります。
從家裡到學校，搭電車要花 30 分鐘。

・日本語で手紙を書きます。
（語言）用日文寫信。

▲ 材料。例：

・卵と牛乳でプリンを作ります。
用雞蛋跟牛奶製作布丁。

▲ 狀況、狀態。例：

・着物で写真を撮ります。
穿和服拍照。

・家族で旅行に行きます。
和家人一起去旅行。

▲ 原因、理由。例：

・風邪で学校を休みました。
因為感冒，所以向學校請假了。

・雪で電車が止まりました。
因為下雪，所以電車停駛了。

＊2. 答案 4

請沿著車站前面那條路（往）東邊走。
1 を　　2 が　　3 か　　4 へ

▲ 方向用「へ」表示。例：

・次の角を右へ曲がってください。
請在下一個轉角向右轉。

・男は駅の方へ走って行きました。
男人朝車站的方向跑去。

＊3. 答案 1

A「郵局在哪裡呢？」
B「在這個巷口（向）左轉的那邊。」
1 に　　2 は　　3 を　　4 から

▲ 目的地用「に」表示。例：

・おふろに入ります。
洗澡。（直譯：我要進浴室了）

・門の前に集まります。
在門口集合。

・バスに乗ります。
搭乘公車。

※ 使用表示方向的「へ」亦可。

＊4. 答案 1

我和媽媽（在）百貨公司買東西。
1 で　　2 に　　3 を　　4 は

▲ 表示做動作的場所用「で」。例：

・図書館で勉強します。
在圖書館讀書。

・京都で写真を撮りました。
在京都拍照。

《其他選項》

▲ 正確使用方法如下：

2 デパートに（います）。
在百貨公司。（表示存在的場所）

デパートに（行きます）。
去百貨公司。（表示目的地）

3 （くつ）を（買います）。
買鞋子。（表示動作的對象）

＊5. 答案 3

弟弟今天（由於）感冒而在睡覺。
1を　　2ので　　3で　　4へ

▲ 表示原因、理由用「で」。例：
・来週仕事で北京へ行きます。
　因為工作去北京。
・地震で窓ガラスが割れました。
　地震導致窗玻璃破裂了。

《其他選項》

▲ 選項1「風邪を／感冒」後面應該接「引きます／罹患」。所以若是「風邪を引いて寝ています／得了感冒正在睡覺」則為正確敘述。

▲ 選項2「ので／因為、由於」是表示原因、理由的助詞，但當接在名詞後面時，「ので」要改為「なので」。所以若是「風邪なので寝ています／因為得了感冒而正在睡覺」則為正確敘述。例：
・雨なので、出かけません。
　因為下雨，就沒外出了。（接在名詞後面的形式）
・熱があるので、休みます。
　因為發燒，所以休息。（接在動詞後面的形式）

問題2

＊6. 答案 2

A「你哥哥好嗎？」
B「是的，他相當精神奕奕地上大學。」
1げんき　2大学　　3で　　4に

▲ 正確語順：はい、とても 元気 で 大学 に 行って います。

▲「とても／相當」需放在形容詞或形容動詞前面，意思是「たいへん／非常」，所以「とても」後面應該接上「げんきで／精神奕奕」。至於「行っています／上、

去」前面應該用「に」來表示地點，要填入「大学に」。所以正確的順序是「1→3→2→4」，而＿＿★＿＿的部分應填入選項2「大学」。

03　格助詞的使用（三）

問題1

＊1. 答案 4

A「你明天要（和）誰見面呢？」
B「小學時代的朋友。」
1は　　2が　　3へ　　4と

▲ 做動作的對象，或一起做動作的人，用「と」表示。例：
・父と電話で話します。
　和父親通電話。
・母と映画を見ました。
　和母親看電影。

＊2. 答案 2

圖書館從星期六（到）星期一休館。
1も　　2まで　　3に　　4で

▲ 表示時間或場所的範圍用「から〜まで／從…到…」。「から／從…」表示起點，「まで／到…」表示終點。例：
・銀行は9時から3時までです。
　銀行從9點營業到3點。
・家から公園まで、毎日走っています。
　每天都從家裡跑到公園。

＊3. 答案 1

A「這是誰的書呢？」
B「山口同學（的）。」
1の　　2へ　　3が　　4に

▲ 表示所有權的時候用「の／的」。本題是「山

口くんの本です／是山口君的書」的句子省略了「本／書」。例：

・A：これはだれのかばんですか。
  這是誰的包包呢？
  B：佐々木さんのです。
  佐佐木先生的。

＊ 4. 答案 3

> 昨天我（和）朋友去了公園。
> 1 が　　2 は　　3 と　　4 に

▲ 做動作的對象，或一起做動作的人，用「と」表示。例：

・明日（わたしは）友達と会います。
  明天（我）會和朋友見面。
・昨日（わたしは）妹とスーパーへ行きました。
  昨天（我）和妹妹一起去了超市。

＊ 5. 答案 1

> A「這把傘是（向）誰借的呢？」
> B「向鈴木先生借的。」
> 1 から　　2 まで　　3 さえ　　4 にも

▲ 從對方接受行為動作時，用「から／に」（從／從）表示。例：

・彼女から手紙をもらいました。
  從女友那裡收到了信。
・先生に辞書を借りました。
  從老師那裡借了字典。
・母に料理を習いました。
  向媽媽學做菜。

問題 2

＊ 6. 答案 3

> A「你家裡養了哪些寵物呢？」
> B「有狗和貓喔。」
> 1 犬　　2 ねこが　　3 と　　4 います

▲ 正確語順：犬　と　ねこが　います　よ。

▲ 由於詢問的是「どんなペットがいますか。／養了哪些寵物？」，因此首先「います」應放在「よ」的前面，變成「いますよ」。當要敘述兩種東西的並列時，要用「と～が」，也就是「犬とねこが／狗和貓」。所以正確的順序是「１→３→２→４」，而＿★＿的部分應填入選項３「と」。

04　副助詞的使用

問題 1

＊ 1. 答案 2

> 到底（要）去還是不去，現在還不知道。
> 1 と　　2 か　　3 や　　4 の

▲ 本題的意思是，「（我）會去呢，（或者）不會去呢，還沒有決定」。當疑問句位於文章中間時，「か」的前面應為普通形。「會去或不會去」和「行くかどうか／會去與否」意思相同。例：

・鈴木さんが英語ができるかできないか、知っていますか。
  你知道鈴木先生懂英文呢，還是不懂英文呢？
・この映画がおもしろかったかどうか、教えてください。
  請告訴我這部電影有趣與否。

＊ 2. 答案 4

> 我（有）兩個哥哥。
> 1 まで　　2 では　　3 から　　4 には

▲ 強調名詞的句子。例：

・今夜、9時には帰ります。
  今晚會在9點回家。
・母には2年以上会っていません。
  和母親有兩年沒見面了。
・（シャワーはいいですが、）お風呂には入らないでください。
  （要淋浴可以，但）請不要泡澡。

209

■文法總整理～強調名詞的時候～

強調名詞的時候，助詞會有以下幾種變化：

▲ が、を→は。例：
- わたしはドイツ語ができません。
  我不會德文。
- →わたしはドイツ語はできません。（英語はできます）
  德文我不會。（英文的話我會）
- わたしはテレビを見ました。
  我看了電視。
- →わたしはテレビは見ました。（新聞は読みませんでした）
  我看了電視。（沒有看報紙）

▲ へ、に、で→へは、には、では。例：
- 駅へバスで行きます。
  搭公車去車站。
- →駅へはバスで行きます。（公園へは歩いて行きます。）
  車站是搭公車去的。（公園則是走路去的）
- 駅前にはいい店がたくさんあります。
  車站前有很多不錯的店。
- ここでは写真を撮らないでください。
  請不要在這裡拍照。

＊3. 答案 3

這種肉很貴，所以（只）買一點點。
1は　　　2の　　　3しか　　4より

▲ 「しか～ない／只有～而已」是表示「それ以外はない／除此以外就沒有、只有」的限定用法。例：
- 私は中国語しか分かりません。
  我只會中文。
- 今 500 円しかありません。
  現在只有 500 圓。
- 昨日少ししか寝ませんでした。
  昨天只睡了一下子。

＊4. 答案 1

A「有好多魚在游喔。」
B「是呀。（大概）有五十條魚左右吧。」
1ぐらい　2までは　3やく　　4などは

▲ 「50 ぴきぐらい／50 條左右的魚」＝「だいたい 50 ぴき／大概 50 條魚」。例：
- この映画は 10 回ぐらい見ました。
  這部電影大概看了 10 次左右。
- A：東京からパリまでどのくらいかかりますか。
  從東京到巴黎大概要花多少時間呢？
  B：13 時間くらいかかります。
  大約要花 13 小時。

＊5. 答案 3

A「剛才房間裡有誰在嗎？」
B「沒有，（誰也）不在。」
1だれが　2だれに　3だれも　4どれも

▲ 「疑問詞（だれ、なに、どこ）も～ない／（誰、什麼、哪裡）也…沒有」後接否定形，表示全面否定。例：
- 週末はどこも行きません。
  週末哪裡都不去。
- A：何を買いましたか。
  買了什麼呢？
  B：わたしはくつを買いました。
  我買了鞋子。
  C：わたしはなにも買いませんでした。
  我什麼都沒有買

※ 請留意「だれがいますか／有誰在嗎」和「だれかいますか／有人在嗎」的差異。

「（疑問詞）が～」。例：
- A：部屋にだれがいますか。
  是誰在房間裡面？
  B：田中さんがいます。／だれもいません。
  是田中先生在裡面。／沒有人在裡面。

「（疑問詞）か〜」。例：
- A：部屋にだれかいますか。
  有人在房間裡嗎？
  B：はい、（田中さんが）います。／
  いいえ、だれもいません。
  有，有人（田中先生）在裡面。／
  沒有，沒有人在裡面。

＊6. 答案 4

> A「今天是你的生日嗎？」
> B「是的。是八月十三日。」
> 1 も　　2 まで　　3 から　　4 は

▲ 表示主題用「は」。例：
- 今日はいい天気ですね。
  今天天氣很好喔。
- これはあなたの本ですか。
  這是你的書嗎？

《其他選項》

▲ 選項 1 生日一年只有一天，用「今日も／今天也」不合邏輯。

▲ 選項 3「から／從」表示起點，選項 2「まで／到」表示終點，用在一年只有一天的生日也不合邏輯。例：
- 明日から 4 日間、大阪へ出張です。
  從明天起，要去大阪出差 4 天。
- 夏休みは 8 月 3 1 日までです。
  暑假到 8 月 31 日結束。

05 其他助詞及接尾語的使用

問題 1

＊1. 答案 4

> A「可以教我（做）麵包的方法嗎？」
> B「可以呀！」
> 1 作ら　　2 作って　　3 作る　　4 作り

▲ 可以用「（動詞ます形）方／（動詞ます形）法」表示製作方法，與「どう作りますか／是怎麼做的呢」意思相同。例：
- あなたの名前の読み方を教えてください。
  請告訴我你名字的唸法。
- 漢字が覚えられません。何かいい覚え方はありませんか。
  漢字都記不住，有沒有什麼好的背誦方法呢？

＊2. 答案 4

> 山田「田上先生有兄弟姊妹嗎？」
> 田上「我（雖然）有哥哥，但是沒有弟弟。」
> 1 から　　2 ので　　3 で　　4 が

▲「有哥哥」「沒有弟弟」這樣前後相反的句子要用逆接表現，逆接表現的助詞用「が」。

▲ 用「は〜が、〜は〜」表示對比。例：
- 肉は食べますが、魚は食べません。
  吃肉但是不吃魚。
- 自転車はありますが、車はありません。
  有腳踏車但是沒有汽車。

＊3. 答案 3

> （通電話）
> 山田「敝姓山田，請問您那裡（有）一位
> 　　　田上先生（嗎）？」
> 田上「您好，我就是田上。」
> 1 では　ないですか　2 いましたか
> 3 いますか　　　　　4 ですか

▲ 文中「そちらに田上さん（は）いますか。／請問您那裡（有）一位田上先生〈嗎〉？」的（は）被省略。在會話中，助詞時常被省略。

▲ 因為前文有「そちらに／那邊」所以後文接「いますか／有…」才是正確的。

▲ 若前文沒有「そちらに」的話，「山田と申しますが、（あなたは）田上さん（　）／我叫山田，請問（您）是田上先生嗎？」選項 4「ですか」以及選項 1「ではないですか」

都是正確的。選項 2 是過去式所以不正確。

※「と申します」是「といいます」較禮貌的說法。

※「そちら」是「そこ」較禮貌的說法。

＊ 4. 答案 3

> A「是誰吃了我的便當？」
> B「是妹妹吃的。」
> 1 に　　　2 と　　　3 が　　　4 は

▲ 本題是用「疑問詞＋が」的文法表現。當問句使用「だれ、どれ、いつ…」等疑問詞當作主語時，主語後面會接「が」，回答時主語也必須要用「が」。

＊ 5. 答案 2

> A「請問沖繩也會下雪嗎？」
> B「雖然曾經下雪，但幾乎（不下）。」
> 1 ふります　　　　　2 ふりません
> 3 ふって　いました　4 よく　ふります

▲「あまり～ない／不太…」後接否定形，表示程度較低。例：
・このりんごはあまりおいしくないです。
　⇔このりんごはとてもおいしいです。
　這顆蘋果不太好吃。⇔這顆蘋果非常好吃。
・彼女は料理があまり上手ではありません。⇔彼女は料理がとても上手です。
　她廚藝不太好。⇔她廚藝非常好。

※ B「曾經下過…」→「（動詞た形）ことがあります」表示過去的經驗。例：
・パンダを見たことがありますか。
　你曾經看過熊貓嗎？

※「～はありますが、～。／…雖然曾經，…。」→「Ｘが、Ｙ」。反論用「が」，表示Ｘ跟Ｙ的內容不同，表示相反的意思。例：
・日本語は、面白いですが、難しいです。
　日文雖然很有趣卻也很難。
・わたしのアパートは古いですが、きれいです。
　我的公寓雖然很舊，卻很乾淨。

＊ 6. 答案 1

> A「我家的貓一天到晚都在睡覺耶！」
> B「那麼巧！我家的貓也是一樣耶！」
> 1 ねて　　　2 一日中　3 います　4 ねこは

▲ 正確語順：うちの　ねこは　一日中　ねていますよ。

▲ 首先，「うちの／我家的」之後應填入「ねこは／貓」，句尾的「よ／耶」前應填入「います／都」。「一日中／一整天」是表達一整天一直在做某件事，用「一日中～している／一整天都～」的說法。如此一來本題的順序就是「4→2→1→3」，___★___ 的部分應填入選項 1「ねて」。

06　疑問詞的使用

問題 1

＊ 1. 答案 2

> A「你喜歡那個人的（什麼）地方呢？」
> B「他非常堅強。」
> 1 どこの　2 どんな　3 どれが　4 どこな

▲「どんな(名詞)か」是用於詢問有關（名詞）的說明與訊息。例：
・A：あなたのお母さんはどんな人ですか。
　您的母親是一位什麼樣的人呢？
　B：やさしくて、元気な人です。
　既溫柔又很有活力的人。
・A：どんな夏休みでしたか。
　暑假過得怎麼樣呢？
　B：楽しい夏休みでした。
　暑假過得很開心。

《其他選項》

▲ 選項 1 若是改成「その人のどこがすきですか／喜歡那個人的什麼地方」則正確。

212

＊2. 答案 1

A「有沒有（什麼）飲料呢？」
B「有咖啡喔！」
1何か　　2何でも　　3何が　　　4どれか

▲「何か」用來表示不特定的某物。問題的意思是，「水かお茶かコーヒーかわからない（水でもお茶でもコーヒーでもいい）が、飲み物／不確定要開水、茶，還是咖啡（也就是開水、茶或咖啡都可以），總之想喝飲料」。而 B 的回答「はい、（コーヒーが）ありますよ。／沒問題，有（咖啡）喔！」中省略了「はい／沒問題」。例：

・A：ちょっと疲れましたね。何か飲みませんか。
　　有點累了耶。要不要喝點什麼呢？
・B：ええ、飲みましょう。
　　好呀，喝點東西吧。

《其他選項》正確用法
2　わからないことは、何でも聞いてください。
　　有不懂的地方，儘管問我。（包括 A、B、C 全部都可以）
3　A：何が飲みたいですか。
　　想喝點什麼嗎？
　　B：コーヒーが飲みたいです。
　　我想喝咖啡。

＊3. 答案 4

桌上（什麼東西都）沒有。
1何でも　2だれも　3何が　　4何も

▲「（なに、だれ、どこ…）も～ない／（什麼東西、誰、哪裡…）都～沒有」的否定形句型，表示全部都沒有。例：
・冷蔵庫の中に何もありません。
　冰箱裡什麼都沒有。
・今日は何も食べていません。
　今天什麼東西沒吃。
・ここには何も書かないでください。
　請不要在這裡寫任何標記。

《其他選項》

▲ 選項 1「何でも／什麼都」的肯定形句型，表示全部都有，每一項都可以。

▲ 選項 2 由於動詞是「ありません／沒有」，因此主語不是人（だれ／誰）而是物（なに／什麼東西）。主語是人時，動詞應是「いません／不在」。

▲ 選項 3 疑問句「何が／哪裡」要以「ですか」、「ますか」結尾。

＊4. 答案 2

A「那件襯衫是花了（多少錢）買的呢？」
B「兩千圓。」
1どう　　2いくら　3何　　　4どこ

▲ 由於回答是「２千円です／兩千圓」，所以問句應該選用於詢問價錢的「いくら／多少錢」。

問題2

＊5. 答案 3

A「昨天你是幾點離開家門的呢？」
B「九點半。」
1家　　　2出ました　　3を　　　4に

▲ 正確語順：きのうは　何時　に　家　を　出ました　か。

▲ 詢問事件的時間點要用「なんじに～か／幾點…呢」。因此，「なんじ／幾點」後應該接「に」，而句尾的「か」的前面應該接「出ました／離開家門」。「を」是接在名詞後的助詞，因此順序應是「家」「を」。如此一來正確的順序就是「４→１→３→２」，＿＿★＿＿的部分應填入選項3「を」。

＊6. 答案 4

（在百貨公司裡）
顧客「請問賣手帕的店在幾樓呢？」
員工「在二樓。」
1は　　2みせ　　3です　　4なんがい

213

▲ 正確語順：ハンカチの <u>店</u> は <u>何階</u> で <u>す</u> か。

▲ 由於員工回答「在二樓」，由此可知顧客詢問的是手帕專櫃在幾樓。因此在「ハンカチの／手帕的」之後應該接「みせ／專櫃」「は」。而最後的「か／呢」之前則是「です／在」。也就是説，順序應該是「2→1→4→3」，所以___★___的部分應填入選項4「なんかい／幾樓」。

07　指示詞的使用

問題一

在日本留學的學生以〈我和電腦〉為題名寫了一篇文章，並且在班上同學的面前誦讀給大家聽。

> 我每天都在家裡使用電腦。需要查詢資料時，電腦非常便利。
>
> 要外出的時候，可以先查到應該在哪個車站搭電車或地鐵，或者是店家的位置。
>
> 我們留學生對日本的交通道路不太熟悉，所以如果沒有電腦，實在非常傷腦筋。

✱ 1. 答案 1

1 べんり	2 高い	3 安い	4 ぬるい

▲ 文中提到「何かを調べるときに／當查詢資料時」，從句意而言，以「便利（べんり）」最正確答案。

※「とき（に）」的使用方法。例：

・わたしは、新聞を読むとき（に）、めがねをかけます。
我在閱讀報紙時會戴眼鏡。

・この時計は、日本へ来るとき（に）、父にもらいました。
這只錶是我來日本時，爸爸送我的。

✱ 2. 答案 2

1 どこ	2 どの	3 そこ	4 あの

▲ 文中提到「乗るのかを／搭乘呢」，看到「か」知道填空處，要來一個疑問指示詞，而「どこ」後面不能接名詞，所以答案以後接名詞的連體詞「どの」為正確。

✱ 3. 答案 4

1 しらべる	2 しらべよう
3 しらべて	4 しらべたり

▲ 這裡使用「〜たり、〜たりします／又…又…／一下子…一下子…」的句型。

※ 請注意「〜」的部分放在句中的什麼地方→一下子「どの乗り物に乗るのかを調べ／查詢搭乘哪種交通工具」，一下子「店の場所を調べ／查詢店家的位置」。

✱ 4. 答案 3

1 しって　いる	2 おしえない
3 しらない	4 あるいて　いる

▲「あまり／太」後面需接否定形。而選項2跟選項3都是否定型，但選項2「教えない／不告訴」的意思並不符合，因此正確答案是選項3「しらない／不知道」。

✱ 5. 答案 4

1 むずかしいです	2 しずかです
3 いいです	4 こまります

《其他選項》

▲ 選項1「難しいです／困難」、選項2「静かです／安靜」，「パソコンがないと〜／沒有電腦的話…」意思就是「パソコンがないとき、いつも〜／當沒有電腦的時候，總是…」。就文意來説，以選項1和選項4的意思較適切。又，這句話的主語是「わたしたち留學生は／我們留學生」，所以選項1「難しいです」不符合文意。正確用法如下：

×わたしは、（漢字がわからないと）難しいです。
我（如果不懂漢字會）覺得困難。

○わたしは、（漢字がわからないと）困ります。
我（如果不懂漢字會）覺得困擾。

○漢字の勉強は、難しいです。
學習漢字很困難。

08 形容詞及形容動詞的表現

問題 1

＊1. 答案 1

> 這家店的拉麵（既便宜）又好吃。
> 1 やすくて　　　　2 やすい
> 3 やすいので　　　4 やすければ

▲ 本題的意思是「この店のラーメンは安いです。そして、おいしいです／這家店的拉麵很便宜，而且好吃」。當連接形容詞句時，「（形容詞）いです」應改為「（形容詞）くて」。例：

・このカメラは小さくて、軽いです。
這台相機又小又輕。

・教室は広くて、明るいです。
教室又寬敞又明亮。

《其他選項》

▲ 選項 3「安いので／因為便宜」的「ので／因為」是表示理由的用法。但是「安い／便宜」和「おいしい／好吃」之間並沒有因果關係，所以不是正確答案。

＊2. 答案 1

> 我妹妹的歌唱得（很好）。
> 1 じょうずに　　　2 じょうずだ
> 3 じょうずなら　　4 じょうずの

▲ 當使用形容動詞修飾動詞時，「形容動詞な」

應改為「形容動詞に」。本題是在「妹は歌を歌います／妹妹在唱歌」的基本句上予以補充説明（どう歌いますか／她唱歌好聽嗎）是「上手に歌います／唱得很好聽」。例：

・ケーキをきれいに並べます。
把蛋糕擺得整齊漂亮。

・使い方を簡単に説明してください。
請簡單説明使用方法。

※ 當使用形容詞修飾動詞時，「形容詞い」應改為「形容詞く」。例：

・ここに名前を大きく書きます。
請在這裡大大地寫上名字。

・よくわかりました。
我清楚地了解了。

＊3. 答案 4

> A「夜色真是（靜謐）哪。」
> B「是呀，蟲兒在院子裡叫著。」
> 1 しずかなら　　　2 しずかに
> 3 しずかだ　　　　4 しずかな

▲ 形容動詞接續名詞時，需改為「な」的形式。「夜／晚上」是名詞。例：

・きれいな花ですね。
真是美麗的花呀！

・大切な話をします。
有重要的事要講。

※ 形容動詞接續動詞時，需改為「に」的形式。例：

・簡単に説明してください。
請簡單地説明。

・この町は有名になりました。
這個城鎮變得很有名了。

＊4. 答案 4

> A「在日本的食物當中，你喜歡什麼樣的呢？」
> B「在日本的食物當中，我喜歡的是天婦羅。」
> 1は　　2すきな　　3わたしが　　4の

▲ 正確語順：日本の　食べ物で　わたしが　すきな　の　は　てんぷらです。

▲「てんぷらです／天婦羅」之前填入「は」。「わたしが／我」的後面應接「すきな／喜歡的」。「の」可以替代「東西」或「事情」等名詞，所以原句「わたしがすきなものは／我喜歡東西是」可替代成「わたしがすきなのは／我喜歡的是」。如此一來順序就是「3→2→4→1」，　★　的部分應填入選項4「の」。

＊5. 答案 2

> 這個房間非常寬敞又安靜呢。
> 1です　　2て　　3ひろく　　4しずか

▲ 正確語順：この　部屋は　とても　広くて　静か　です　ね。

▲「とても／非常」應接在形容詞或形容動詞之前。以這題來說，就是接在「ひろく／寬敞」或「しずか／安靜」之前。那麼，如何分辨應該接在「ひろく」還是「しずか」之前呢？由於「て」是接在「ひろく」之後，所以順序應是「ひろくてしずか」。另外，「ね」之前則是「です」。所以正確的順序是「3→2→4→1」，而　★　的部分應填入選項2「て」。

＊6. 答案 4

> A「山田小姐是個什麼樣的人呢？」
> B「是一位非常漂亮而且很有幽默感的人喔！」
> 1人　　　　　　2です
> 3きれいで　　　4たのしい

▲ 正確語順：とても　きれいで　楽しい　人　です　よ。

▲ 由於問的是一位什麼樣的人，所以句尾的「よ／喔」前面應填入「人です／是人」。形容詞「たのしい／有幽默感的」應接在名詞「人」之前，連接起來就是「きれいでたのしい人／漂亮又有幽默感的人」。所以正確的順序是「3→4→1→2」，而　★　的部分應填入選項4「たのしい」。

09　動詞的表現

＊1. 答案 4

> 中山「大田小姐，那個皮包真漂亮呀！已經用很久了嗎？」
> 大田「不是的，上星期（買的）。」
> 1かいます　　　　2もって　いました
> 3ありました　　　4かいました

▲ 想一想當被詢問「（あなたはバッグを）前から持っていましたか／（你的提包）是從以前就有的嗎」時，應該回答什麼。

▲「（動詞て形）ています」表示狀態。例：

・A：あなたは車を持っていますか。
　　你有車子嗎？

　B：はい、持っています。
　　有，我有車子。

　A：いつから持っていますか。
　　從什麼時候開始有的呢？

　B：昨年から持っています。昨年買いました。
　　從去年開始。去年買的。

▲ 由於題目問的是「前から／從以前」，所以回答應該是「いいえ、先週から持っています。先週買いました／不，從上星期開始。上星期買的。」

※「前から持っていましたか／從以前開始就有的嗎？」這樣的問法，隱含的意思是「今までずっと（持っている）／到現在都一直（有的）」，和「前から持っていますか」

216

意思相同。

<u>《其他選項》</u>

▲ 選項1因為題目是「先週／上星期」，所以回答應該是過去式。

▲ 選項2因為題目是「先週／上星期」，所以用進行式的「ています／一直…」不合邏輯。例：
・私は結婚しています。
　我結婚了。（表示狀態）
・私は先月結婚しました。
　我上個月結了婚。（表示一次性的行為）

＊2. 答案　3

這裡（有）買好的明信片，請自行取用。
1やります　　　　　2ください
3あります　　　　　4おかない

▲「（他動詞て形）あります／…著、有」是表示物體的狀態，用在敘述某人基於某種意圖而從事行為的結果。例：
・机の上に花が飾ってあります。
　桌上擺飾著花朵。
・ノートに名前が書いてあります。
　筆記本上寫著名字。
・牛乳は冷蔵庫に入れてあります。
　牛奶放在冰箱裡。
・A：パーティーの用意はできていますか。
　　宴會都準備好了嗎？
　B：はい、食べ物はもう買ってあります。
　　是的，食物已經買好了。

＊3. 答案　4

夜空中掛（著）一輪明月。
1いきます　　　　　2あります
3みます　　　　　　4います

▲「（自動詞て形）います／…著、在」是表示物體的狀態。相較於「（他動詞て形）あります／…著、有」用在敘述某人基於某種意圖而從事行為的結果，「（自動詞て形）

います」則是用在單純敘述看到的狀況。例：
・時計が止まっています。
　時鐘是停著的。
・ドアが開いています。
　門開著。
・A：パンはどこですか。
　　麵包在哪裡呢？
　B：パンは冷蔵庫に入っています。
　　麵包放在冰箱裡。

＊4. 答案　1

在慶生會上（又）吃又喝地享用了美食。
1たり　　　2て　　　　3たら　　　4だり

▲ 本題使用的句型是「たり、～たりします／又…又…、時而…時而…」。

＊5. 答案　4

A「你的眼睛是紅的哦。昨天晚上是幾點睡的呢？」
B「昨天晚上（沒有睡），一直在讀書。」
1寝なくて　　　　　2寝たくて
3寝てより　　　　　4寝ないで

▲「（動詞①ない形）ないで動詞②／不而動詞②」的句型表示不做動詞①而改做動詞②。例：
・今日は大学に行かないで、家で勉強します。
　今天不去大學，（而）在家裡唸書。
・お菓子を食べないで、ご飯を食べなさい。
　別吃零食，（而）來吃飯！

<u>《其他選項》</u>

▲ 選項1「（動詞ない形）なくて／無法」表示原因、理由。例：
・子どもが寝なくて、困っています。
　孩子一直不睡覺，讓我很困擾。
・宿題の作文が書けなくて、泣きたくなりました。
　習題的作文寫不出來，快要哭了。

217

▲ 選項 1 從語意思考，「寝ない／不睡覺」並不是「勉強した／用功了」的理由，所以不是正確答案。

▲ 選項 2「寝たくて／想睡」也是表原因、理由。例：
・音が小さくて、聞こえません。
聲音太小聽不見。

・あなたに会いたくて来ました。
因為太想見你所以來了。

從語意思考，選項 2 同樣不是正確答案。

▲ 選項 3 沒有「寝てより」這種說法。如果要用「より〜（の方）が／與其…還不如…（來得）」的句型，應該是「寝る（動詞辞書形）より／與其睡覺」。此時句尾應該是「寝るより勉強した方がいいです／與其睡覺不如用功來得好」。

※ 也請順便記住「（動詞①ない形）で動詞②」的另一種用法吧！

「（動詞①ない形）で動詞②」亦可表示動詞②在動詞①的狀態下進行。例：
・電気をつけないで寝ます。
不開燈睡覺。（亦即，在不開燈的狀態下睡覺）

・コーヒーは砂糖を入れないで飲みます。
咖啡喝不加糖的。（亦即，通常喝無糖咖啡）

※「（動詞①て形）て、動詞②」的用法也相同。例：
・電気をつけて寝ます。
開著燈睡覺。

・コーヒーは砂糖を入れて飲みます。
咖啡喝加糖的。（亦即，通常喝摻糖咖啡）

問題 2

＊6. 答案 3

> 中山「林小姐在假日會做些什麼呢？」
> 林「讓我想想，通常都去打高爾夫球。」
> 1 います　2 して　3 を　4 ゴルフ

▲ 正確語順：そうですね、たいてい<u>ゴルフ</u> <u>を</u>　<u>して</u>　<u>います</u>。

▲「何をしていますか／做些什麼呢」這樣的問句通常用「をしています。／通常…」來回答。因此，句尾應依序填入「をしています」這三個選項，至於「何（を）／什麼」的部分則應填入「ゴルフ／高爾夫」。所以，正確的順序是「4→3→2→1」，而 ___★___ 的部分應填入選項 3「を」。

| 10　要求、授受、提議及勸誘的表現

問題 1

＊1. 答案 2

> A「下回要不要一起爬山呢？」
> B「好耶！我們一起（去爬山吧）！」
> 1 のぼるでしょう　2 のぼりましょう
> 3 のぼりません　4 のぼって　います

▲ 當收到提議「（動詞ます形）ませんか／要不要（動詞ます形）…呢」的時候，應該回答「はい、（動詞ます形）ましょう／好，去（動詞ます形）吧」。例：
・A：ちょっと休みませんか。
要不要稍微休息一下呢？
　B：ええ、休みましょう。
好的，休息吧。

・A：今夜食事に行きませんか。
今晚要不要去吃飯呢？
　B：いいですね、行きましょう。
好啊，去吃飯吧。

※「ましょう」亦可用於邀約對方的時候。例：
・みなさん、はやく行きましょう。
各位，快走吧。

・ご飯ができました。さあ、食べましょう。
飯做好了。來，吃吧！

＊2. 答案 2

> A「昨天因為生日，從朋友那裡（收到了）花。就是這個。」
> B「花真漂亮！」
> 1 あげました　　　　2 もらいました
> 3 ください　　　　　4 ほしいです

▲ 從情境中的「これです／就是這個」，知道生日的人是A。「友達に花をもらいました／從朋友那裡收到了花」中的「に／從」是「友達にAへ／從朋友到A」的用法，由此可以知道花是以「友達→私／朋友→我」的方向移動。因此，「友達に花を」的後面一定是接2的「もらう／收到」。

＊3. 答案 4

> A「好熱！要不要喝點什麼呢？」
> B「真的好熱！我（想喝）冰果汁。」
> 1 飲みましょう　　　　2 ください
> 3 飲んでください　　　4 飲みたいです

▲ 想邀約對方跟自己做某事用句型「（動詞ます形）ませんか／要不要…呢」。而這一提問的回答，看到「ジュースが」的「が」知道，答案是4的「飲みたいです」。這是來自「○○が＋他動詞たい」這一句型。「飲む」是他動詞。

▲ 「何か」表示不特定的某物。例：
・A：何が　食べたいですか。
　　有想吃什麼嗎？
　B：お刺身が　食べたいです。
　　我想吃生魚片。

問題2

＊4. 答案

> （在蔬果店裡）
> 大島「請給我那種紅蘋果五顆。」
> 店員「好的，這個給您。」
> 1 を　　　　　　　　2 赤い
> 3 5こ　　　　　　　4 りんご

▲ 正確語順：その　赤い　りんご　を　5こ　ください。

▲ 當想表達請給我某種東西時，可用「をください／請給我…」的句型。若要加上數量「○こ／○個」時，會用「を○こください／請給我…○個」的句型。因此，句尾「ください」的前面應填入「を5こ」。而「赤い／紅」後面應該接名詞「りんご／蘋果」。所以正確的順序是「2→4→1→3」，而_＿＿★＿＿_的部分應填入選項4「りんご」。

＊5. 答案 4

> A「請問車站在哪裡呢？」
> B「我不曉得，可以請你去派出所問警察嗎？」
> 1 に　　　　　　　　2 おまわりさん
> 3 ください　　　　　4 聞いて

▲ 正確語順：知らないので、交番で　おまわりさん　に　聞いて　くださいませんか。

▲ 央託別人時，可以用「してください／請…」，或者更有禮貌的「してくださいませんか／可否請…」以及「してくださいますか／可以請…」這些句型。這題的句尾是「ませんか」，因此應該是「聞いてくださいませんか／可否請您去請教嗎」。在這句之前應填入表示「だれに／向誰（詢問）」的詞，只要放上「おまわりさんに／向警察」即可。所以正確的順序是「2→1→4→3」，而_＿＿★＿＿_的部分應填入選項4「聞いて」。

＊6. 答案 4

> 田中「我買這個。高橋小姐買哪個好呢？」
> 高橋「我要再小些輕些的。」
> 1 ほしい　　2 の　　3 かるい　　4 が

▲ 正確語順：私は　もっと　ちいさくて　かるい　の　が　ほしいです。

▲ 希望得到某物時，句型可以用「がほしい／想要…」。看到句尾是「です」，知道前面

219

應該是「がほしい」。看到題目句的「ちいさくて／小的」判斷是形容詞後接形容詞的使用，因此後面應該接形容詞「かるい／輕的」，來表示兩種屬性的並列「又小又輕」。最後剩下選項「の」，知道是名詞化的形式，就是「がほしい」喜歡的對象。因此放在「がほしい」的前面。所以正確的順序是「3→2→4→1」，而＿＿★＿＿的部分應填入選項4「が」。

---

11 希望、意志、原因、比較及程度的表現

【問題1】

在日本留學的學生以〈我的家庭〉為題名寫了一篇文章，並且在班上同學的面前誦讀給大家聽。

> 我的家人包括父母、我、妹妹共四個人。我爸爸是警察，每天都工作到很晚，連星期天也不常在家裡。我媽媽的廚藝很好，媽媽做的焗烤料理全家人都說好吃。等我回國以後，想再吃一次媽媽做的焗烤料理。
>
> 由於妹妹長大了，媽媽便開始在附近的超級市場裡工作。我妹妹雖然還是個中學生，但是從小就學鋼琴，所以現在已經彈得比我還好了。

＊1. 答案 3

1だけ	2て	3まで	4から

▲「まで／到」表示終點。例：
・会社は9時から5時までです。
　公司（的上班時間）是從9點到5點。
・昨夜は12時まで勉強しました。
　昨天用功到了12點。

▲「遅く／很晚」和「遅い時間／很晚的時刻」意思相同。例：

・彼は毎晩遅くまで起きています。
　他每天到很晚都沒睡。
・彼は昨夜遅くに電話をかけてきました。
　他昨天深夜時打了電話來。

＊2. 答案 1

1いません		2います
3あります		4ありません

▲ 由於接在「あまり／太」後面，所以要用否定形。而主語是「父は／爸爸」，所以要選「いません／不在」而不是「ありません／沒有」。

＊3. 答案 3

1食べる		2食べて　ほしい
3食べたい		4食べた

▲ 基本句是「私はグラタンを（　）です／我（　）焗烤」，可以填在「です」前面的應該是選項2「食べてほしいか／想吃嗎」或選項3「食べたい／想吃」的其中一個。當要表達「私は○○を食べたい／我想吃○○」的時候，吃東西的主詞是「私／我」；當要表達「私は（人に）○○を食べてほしい／我想讓（某人）吃○○」的時候，吃東西的主詞是（某人）。因此正確答案是「食べたい」。例：
・「たい」私はこの映画が見たいです。
　「たい／想」我想看這個電影。
　「てほしい」私はこの映画をあなたに見てほしいです。
　「てほしい／希望」我希望你能看這個電影。
・「たい」私は医者になりたいです。
　「たい／想」我想當醫生。
　「てほしい」私は息子に医者になってほしいです。
　「てほしい／希望」我希望兒子能當醫生。

＊4. 答案 4

| 1 やめました | 2 はじまりました |
| 3 やすみました | 4 はじめました |

▲ 「スーパーで／在超市」句中的「で」是表示動作的場所。選項1「（スーパーを）やめました／辭去了（超市的工作）」以及選項3「（スーパーを）休みましたは／向（超市老闆）請假了」，這兩項都不是在超市裡做的動作，所以不是正確答案。接在「スーパーで」後面的動作應該是選項2「始まりました（自動詞）／開始了」或選項3「始めました（他動詞）／開始了」。由於題目中的目的語是「仕事を／工作」，所以後面接的是他動詞「始めました」。

《其他選項》

1 母はスーパーの仕事をやめました。
　媽媽辭去了超市的工作。
2 学校は4月から始まります。
　學校是從四月開始。（自動詞的用法）
　・パーティーは7時に始まります。
　　宴會是7點開始。
3 母はスーパーの仕事を休みました。
　媽媽向超市請假了。

＊5. 答案 2

| 1 では | 2 より | 3 でも | 4 だけ |

▲ 主語是「妹」。「妹は私（　）上手です／妹妹（　）我拿手」意思是和「我」比較，因此選擇「より／比、較」。

12 時間的表現

問題1

＊1. 答案 4

| 吃完晚餐（之後）去洗澡。 |
| 1 まま　2 まえに　3 すぎ　4 あとで |

▲ 「A（動詞過去式）あとで、B（動詞）」表示在A動作之後做另一個動作B。這種敘述方式用來表達動作B動作不是在A動作之前做的，而是在A動作之後做的。例：
・勉強したあとで、テレビを見ます。
　念完書後看電視。
・家を出たあとで、雨が降ってきました。
　出門後就開始下雨了。

※ 請順便記下「（名詞）のあとで、（動詞）／在（名詞）之後，（動詞）」的句型吧！例：
・スポーツのあとで、シャワーを浴びます。
　運動後淋浴。
・仕事のあとで、映画を見ませんか。
　工作結束後要不要看個電影呢？

▲ 選項2「在…之前」用於句型「A（動詞辭書形）まえに、B（動詞）」，這種敘述方式用來表達B動作不是在A動作之後做的，而是在A動作之前做的。例：
・寝る前に、歯を磨きます。
　在睡覺前刷牙。

＊2. 答案 2

| 在睡覺（前）要刷牙喔！ |
| 1 まえから | 2 まえに |
| 3 のまえに | 4 まえを |

▲ 表示時間的助詞用「に」。表示兩的動作有前後順序之分時用「（動詞辭書形）前に／…之前，先…」。例：
・友達が来る前に部屋を掃除します。
　在朋友來之前打掃房間。
・雨が降る前に帰りましょう。
　在下雨前回家吧！

※ 一起記住「（名詞）の前に／…前」跟「（表示時間的用語）前に／…前」吧！例：
・食事の前に手を洗います。
　在吃飯前洗手。
・テストの前に勉強しました。
　在考試前用功唸了書。（名詞）
・2年前に日本に来ました。
　兩年前來日本。

・手紙は３日前に出しました。
信已經在３天前寄出了。（期間）

＊3. 答案 1

先打掃完房間（之後）再出門。
1から　2まで　3ので　4より

▲ 在一個句子當中，同時出現「掃除をします／打掃」和「出かけます／出門」兩個動詞。藉由「（動詞て形）から（動詞）／之後（動詞）」的句型表示兩個動作的前後關係。例：

・宿題をしてから、晩ご飯を食べます。
功課做完後再吃晚餐。
・切符を買ってから入ってください。
請先買好票再進場

＊4. 答案 1

我姊姊（一邊）彈著吉他（一邊）唱歌。
1ながら　2ちゅう　3ごろ　4たい

▲「（動詞ます形）ながら／一邊（做動作）」表示一個人同時進行兩個動作。例：
a 音楽を聞きながら、食事をします。
邊聽音樂邊吃飯。
b 働きながら、学校に通っています。
一邊工作一邊上學。

→也可以像例句 b 用在長時間從事某件事物。

《其他選項》

▲ 正確使用方法如下：
2 この本は今月中に返してください。
這本書請在這個月內歸還。
・授業中です。静かにしましょう。
上課中，請保持安靜。
3 では、明日 10 時ごろに行きます。
那麼，明天 10 點左右前往。
・このごろ、元気がありませんね。
最近沒什麼精神喔。

＊5. 答案 1

先做功課以後再玩。
1して　2しゅくだい　3を　4から

▲ 正確語順：宿題 を して から 遊びます。

▲「を」前接表目的語的名詞，像是「を食べる／吃…」「をする／做…」，而在本題中，應是「しゅくだいを／作業」。「から」表示前後關係，因此要表達「しゅくだいをしたあとで／做完功課以後」時，可以用「しゅくだいをしてから／先做功課」。如此一來順序就是「2→3→1→4」，　★　的部分應填入選項1「して」。

＊6. 答案 2

到百貨公司購物後，再去看電影吧！
1あと　2映画　3した　4を

▲ 正確語順：デパートで 買い物を した あと 映画 を 見に 行きましょう。

▲ 要表示前項動作做完後，做後項的動作，句型可以用「動詞た形＋あと／…以後…」。由於句子前面提到了「買い物を」因此緊接著應該填入「したあと」。接下來看到句尾的「見に行きましょう」，判斷是表示移動的目的，而這移動目的的對象是「映画」，表示對象助詞用「を」。

▲ 所以正確的順序是「3→1→2→4」，而　★　的部分應填入選項2「映画」。

13 變化及時間變化的表現

在日本留學的學生以〈我居住的街市上的店〉為題名寫了一篇文章，並且在班上同學的面前誦讀給大家聽。

> 我剛來到日本的時候，從車站走到公寓的這一段路上，沿途一家家小商店林立，有蔬果店也有魚舖。
>
> 可是，在兩個月前那些小商店全部都消失了，換成了一家大型超級市場。
>
> 超級市場裡面什麼都有，非常方便，但是從此無法與蔬果店和魚舖的老闆及老闆娘聊天，走這段路變得很無聊了。

＊1. 答案 3

1へ	2に	3から	4で

▲「｛駅からアパートへ行く｝道には、～／｛從車站到公寓｝的路徑是…」中，｛ ｝的部分是在說明該走哪條路（修飾名詞）。而「から／從」則表示起點。

＊2. 答案 2

1あります	2ありました
3います	4いました

▲ 由「わたしが日本に来たころ／我來到日本的那時候」可以知道是過去的事。選項 2 跟選項 4 都是過去式。另外，文中「八百屋さん／蔬果店」和「魚屋さん／魚舖」指的不是人物而是店家，由此可知正確答案是「ありました」。

※ 請留意「八百屋さん」跟「魚屋さん」有時用來指經營該店舖的老闆或店員。例：
・あの背の高い魚屋さんは本当に親切だ。
　那位身材高大的魚舖老闆相當親切。

＊3. 答案 4

1また	2だから	3では	4しかし

▲ 在 3 後面的敘述是「その小さな店が全部なくなって、～／那些小店全都消失了…」，而 3 前面則提到林立的小店，也就是 3 前後兩段描述相反的內容，所以應該填入表示逆接的連接詞「しかし／但是」。

《其他選項》

▲ 正確使用方法如下：
1 また今度お願いします。
　下次再麻煩您了。
2 雨だよ。だから、もう帰ろうよ。
　下雨了！所以，我們該回家了啦。

→比「だから」更禮貌的說法是「ですから」。
3 授業を終わります。では、また明日。
　課程到這裡結束。那麼，明天見。

＊4. 答案 3

1も	2さえ	3でも	4が

▲「何（なん）でも」是指「任何東西（事物）全部都」的意思。例：
・食べたい物は、何でも食べてください。
　想吃的東西，什麼都請盡量吃。
・彼は本をたくさん読むので、何でもよく知っている。
　他讀了很多書，所以無所不知。

《其他選項》

▲ 選項 1「何（なに）も」後面接否定形，表示「全然～ない／完全沒有…」的意思。例：
・今朝から何も食べていません。
　從今天早上就什麼都沒吃。
・昨日のことは何も知りません。
　昨天的事我什麼都不知道。

＊5. 答案 1

| 1つまらなく | 2近く |
| 3しずかに | 4にぎやかに |

▲ 「便利ですが、（～ので）、つまらなくなりました／雖然方便，（因為…），但是變得缺乏趣味了」這句話中，「便利ですが」的「が」是逆接。由於「便利」含有正向語意，因此 5 應填入意思相反的詞彙。

▲ 「～と話ができなくなったので／由於沒辦法和…聊天」句中的「ので／由於」是表現原因、理由的用法。因為沒辦法聊天，所以導致了 5 的結果。從選項的語意判斷，符合的是選項1或選項3。但是選項3「しずかに／安靜」並不是造成無法和老闆及老闆娘聊天的結果，所以不對，因此正確答案是選項1「つまらなく／缺乏趣味」。

▲ 「べんりです／方便」和「つまらなくなりました／變得缺乏趣味」這兩句話都是表達作者的想法和心情。

▲ 「（形容詞）く＋なります／變得」表示人或事物的變化。例：
・弟は背が高くなりました。
　弟弟長高了。
・スープが冷たくなりました。
　湯變涼了。

▲ 也一起記住「形容動詞に＋なります」「名詞に＋なります」的用法吧。例：
・ピアノが上手になりました。
　鋼琴變得很拿手了。（形容動詞）
・今年、大学生になりました。
　今年開始就是大學生了。（名詞）

14 斷定、說明、名稱、推測及存在的表現

問題 1

在日本留學的學生以〈星期天做什麼呢〉為題名寫了一篇文章，並且在班上同學的面前誦讀給大家聽。

> 我星期天總是很早起床。打掃完房間、洗完衣服以後，我會到附近的公園散步。那座公園很大，有好幾棵大樹，也開著很多美麗的花。
>
> 下午我會去圖書館，在那裡待三個小時左右，看看雜誌或者是讀讀功課。從圖書館回來的路上買做晚飯用的蔬菜和肉等等。晚飯一面看電視，一面自己一個人慢慢吃。
>
> 晚上大約用功兩個小時就早早上床睡覺。

＊1. 答案 2

| 1や | 2の | 3を | 4に |

▲ 當把「部屋を掃除します／要打掃房間」變成名詞時，要將「を」換成「の」，成為「部屋の掃除／打掃房間」。本題的「部屋の掃除」和「洗濯／洗衣服」兩項事物並排列舉。例：
・英語を勉強します→英語の勉強
　要學習英語。→英語學習
・姉が結婚します→姉の結婚
　姊姊要結婚。→姊姊的婚禮

＊2. 答案 4

| 1ひろくで | 2ひろいで |
| 3ひろい | 4ひろくて |

▲ 本題的意思是「公園はとても広いです。そして、…／公園非常寬廣，而且…」。當形容詞連接後續語句時，「形容詞いです」應改為「形容詞くて」。例：
・この携帯電話は新しくて、便利です。
　這支手機是新款的，使用方便。
・テストは難しくて、全然できませんでした。
　試題很難，連一題都答不出來。

224

＊3. 答案 4

1います	2いります
3あるます	4あります

▲「（公園には）大きな木が何本も（　）／（公
園裡）（　）好幾棵高大的樹木」，這個句子
的主語是「木が／樹」，所以動詞是「あり
ます／有」。

＊4. 答案 1

1したり　2して　3しないで　4また

▲ 這裡要用「〜たり、〜たりします／有時…，
有時…」這一句型。

＊5. 答案 3

1見たり　2見ても　3見ながら　4見に

▲ 基本句是「（わたしは）夕飯を食べます／
（我）吃晚餐」，變化為「（わたしは）テ
レビを（　）、夕飯を食べます／（我）（　）
電視，吃晚餐」。「テレビを見ます／看電
視」和「夕飯を食べます／吃晚餐」是同時
進行的兩件事，這時要用「〜ながら／一邊…
一邊…」。

※ 本題的主語並不是「わたしは／我」而是
「夕飯は／晚餐」。這個句子是在說明「夕
飯をどう食べますか／是如何吃晚餐的
呢？」。這時，其隱含的意思相當於「（朝
食は〜ですが、）夕飯は〜です／（早餐雖
然是…）晚餐則是…」中的「は」。

Index 索引

MEMO

絕對合格 全攻略！
新制日檢！
N5 必背必出文法（20K+MP3）

絕對合格 11

● 發行人	林德勝
● 著者	吉松由美・西村惠子・千田晴夫・大山和佳子・山田社日檢題庫小組
● 出版發行	山田社文化事業有限公司
	地址　臺北市大安區安和路一段112巷17號7樓
	電話　02-2755-7622　02-2755-7628
	傳真　02-2700-1887
● 郵政劃撥	19867160號　大原文化事業有限公司
● 總經銷	聯合發行股份有限公司
	地址　新北市新店區寶橋路235巷6弄6號2樓
	電話　02-2917-8022
	傳真　02-2915-6275
● 印刷	上鎰數位科技印刷有限公司
● 法律顧問	林長振法律事務所　林長振律師
● 定價+MP3	新台幣320元
● 初版	2020年 1 月

© ISBN：978-986-246-566-0
2020, Shan Tian She Culture Co., Ltd.

STS

山田社